KB054311

내 삶에 헤세 더하기

친절한 헤세씨

내 삶에 헤세 더하기 친절한 헤세씨

초판 1쇄 인쇄 2024년 8월 16일
초판 1쇄 발행 2024년 8월 27일

글 | 헤르만 헤세
지은이 | 김이섭
펴낸이 | 구본건

펴낸곳 | 비바체
출판등록 | 제021000124호
주 소 | (27668) 서울시 강서구 등촌동9길 23-10 202호
전 화 | 070-7868-7849 **팩스** | 0504-424-7849
전자우편 | vivacebook@naver.com

ISBN 979-11-93221-17-4 (03850)

- 저작권법에 의해 한국 내에서 보호를 받는 저작물이므로 무단전재와 복제를 금합니다.
- 잘못 만들어진 책은 구입처에서 교환 가능합니다.

내 삶에 헤세 더하기

친절한 헤세씨

헤르만 헤세 글

•

김이섭 지음

VIV나체

머리말

헤르만 헤세는 독일 남부의 작은 마을 칼프에서 태어났습니다. 아버지 요한네스 헤세는 개신교 목사였고, 어머니 마리 군데르트는 유서 깊은 신학자 집안 출신이었습니다.

헤세의 부모 집은 동서양의 종교와 학문이 맞닿는 공간이었습니다. 그 덕분에 헤세는 동양, 특히 인도와 중국의 정신세계를 두루 경험할 수 있었습니다. 그리고 기독교뿐 아니라 힌두교와 불교, 유교와 도교 등에 관해 폭넓은 지식을 습득했습니다. 헤세의 동양적인 취향과 세계시민적인 기질, 그리고 다원적인 가치관은 이미 이때부터 형성되었다고 할 수 있습니다.

헤세는 결코 평범하지 않은 삶을 살았습니다. 그는 세기말과 두 차례의 세계대전을 겪었습니다. 여러 차례에 걸쳐 자살을 시도하기도 했고, 두 번의 이혼과 세 번의 결혼을 경험했습니다. 그의 삶은 시민적인 모범과는 거리가 멀었습니다. 따뜻한 남편도 아니었고, 자상한 아버지는 더더욱 아니었습니다. 그는 전통과 규범, 구속을 거부했습니다. 전쟁과 이념을 혐오했고, 평화와 정신세계를 추구했습니다.
헤세는 작가로서의 소명을 떠안은 채 시민적인 삶을 살았습니다. 그래서 그 사이에서 필연적으로 갈등하고 고뇌할 수밖에 없었습니다. 그의 또 다른 이름은 잃어버린 고향을 찾아 나선 '황야의 늑대'였습니다.

이 책에는 우리가 온전히 받아들이고 함께 나눌 수 있는 헤세의 글이 담겨 있습니다. 고독과 사랑, 삶과 죽음, 자아와 진리에 관한 글입니다. 헤세의 인생 이야기는 바로 나와 여러분의 이야기이기도 합니다.

"신이 우리에게 절망을 주는 건 우리를 죽이기 위해서가 아니라 우리 안에 새로운 생명을 일깨우기 위해서다." 헤세의 말입니다. 시련과 역경을 극복하기 위해서는 무엇보다 내가 강해져야 합니다. 끝까지 포기하지 않고 이겨내야 합니다. 하지만 가끔은 그냥 흘러가게 내버려 두어야 할 때도 있습니다. 있는 그대로 받아들이는 것, 흘러가게 내버려 두는 것, 그것이 자연의 순리입니다. 그 안에서 우리는 자유로운 영혼이 됩니다.

인생의 참된 지혜는 자연을 거스르지 않는 겁니다. 인생이 허락한 걸 물리치지 않고, 인생이 금지한 걸 욕심내지 않는 겁니다. 그렇게 순리대로 살아가면 됩니다.

누구에게나 자신만의 길이 있습니다. 내가 가지 않는 길은 그냥 길일 뿐입니다. 인생은 남의 길을 가는 게 아니라 나의 길을 가는 겁니다. 남이 가는 길을 내 길이라고 착각하지 말아야 합니다. 그 길을 가려고 애쓰지도 말아야 합니다. 지금 내가 들어선 이 길이 내가 가야 할 길입니다.

지금 여러분이 걸어가고 있는 인생길에서 헤세가 여러분의 다정한 길벗이 되기를 진심으로 바라봅니다.

김이섭

차례

머리글

H Hesse

고독

고독은 가장 위대한 모험이다

*

고독은 길이다. 그 길 위에서 운명은
인간을 자기 자신에게로 이끌어준다.

Einsamkeit ist der Weg, auf dem das Schicksal den Menschen zu
sich selber führen will.

*

H Hesse

고독은 나에게로 이르는 길이다

누구나 고독을 느낀다. 때로는 사랑하는 사람 곁에서도, 때로는 수많은 군중 속에서도 고독을 느낀다.

고독은 늪에 빠져 허우적거리는 게 아니라 자유로이 숲을 거니는 것이다. 거기서 그대는 진정한 자아를 만날 수 있을 것이다. '만들어진 나'가 아니라 '있는 그대로의 나'를 말이다.

고독은 길이다. 나 자신에게로 이르는 길이다. 그 길을 묵묵히 걸어라. 고독과 더불어 그대의 삶은 한층 더 깊어지고 풍요로워질 것이다.

*

어둠을 모르는 자는 현명하지 못하다.

Keiner ist weise, der nicht das Dunkel kennt.

*

어둠을 모르면서 인생을 안다고 말하지 마라

세상에는 빛과 어둠이 혼재해 있다.

어둠이 내리면, 모든 게 보이지 않는다. 보이지 않는다고 없는 게 아니다. 단지 어둠이 모든 존재를 감싸고 있을 뿐이다.

어둠을 알아야 빛을 알 수 있고, 빛을 알아야 어둠을 알 수 있다. 그리고 어둠을 아는 사람만이 빛에 감사할 수 있다.

어둠을 모르면서 인생을 안다고 말하지 마라. 모든 생명은 어둠 속에서 태어나고, 빛 가운데서 자라난다.

*

우리는 바람에 흩날린 채 자신의 고유한 삶을
누리지 못하는 나뭇잎과 같다.

Die meisten Menschen sind wie Blätter, die im Winde
herumfliegen und niemals ihr eigenes Leben leben.

*

H Hesse

우리의 삶은 바람에 흩날리는 나뭇잎과 같다

가을 길을 걷다 보면, 속절없이 부는 바람에 이리저리 나뒹구는 낙엽을 마주하게 된다. 더러는 지나가는 사람에 밟혀 외마디 비명을 내지른다.

가로수 옆 벤치에는 생명을 다한 낙엽들이 누워 잠을 청한다. 잠 못 이루는 낙엽들은 차가운 밤거리를 돌아 이곳저곳을 배회한다.

하지만 슬퍼하지 말지니. 뿌리로 돌아간 낙엽은 봄이 되면 다시금 새롭게 태어난다. '푸르름'으로.

*

낙원은 그곳에서 쫓겨난 뒤에야
비로소 낙원으로 인식된다.

Das Paradies pflegt sich erst dann als Paradies zu erkennen zu geben, wenn wir aus ihm vertrieben sind.

*

H Hesse

우리는 낙원에서 쫓겨난 뒤에야
비로소 그곳이 낙원인 줄 안다

러시아 작가 막심 고리키는 말한다. "행복을 두 손에 꽉 잡고 있을 때는 그 행복을 작게 여기다가도 잡은 손을 놓은 뒤에야 비로소 그 행복이 얼마나 크고 소중했는지 알게 된다."고.

프랑스의 실존주의 작가 카뮈는 "행복이란 항상 분에 넘치는 것이기 때문에 행복을 잃는 것은 쉬운 일이다."라고 했다.

우리는 늘 건강을 잃고 난 뒤에 후회하고, 행복을 잃고 난 뒤에 후회한다. 하지만 뒤늦게 후회한다고 달라지는 건 없다. 작은 행복도 소중하게 여기고 늘 감사해야 하는 이유다. 행복의 비결은 작은 일에 감사하는 것이다. 작은 감사가 모여 큰 행복을 만들기 때문이다.

"모든 죄악의 근원은 두 가지다. 그것은 조급함과 게으름이다. 조급함 때문에 낙원에서 쫓겨났고, 게으름 때문에 낙원으로 돌아가지 못하는 것이다." 독일 작가 프란츠 카프카의 말이다.

*

신이 우리에게 절망을 주는 건
우리를 죽이기 위해서가 아니라 우리 안에 새로운
생명을 일깨우기 위해서다.

Die Verzweiflung schickt uns Gott nicht, um uns zu töten, er
schickt sie uns, um neues Leben in uns zu erwecken.

*

H Hesse

절망은 새로운 생명을 일깨우기 위해서다

내가 위기에 처해 있다는 건 나에 대한 도전이 시작되었다는 의미다.

위기는 새로운 도약을 위한 절호의 기회다. 위기를 낭비한다는 건 기회를 저버리는 거나 다름없다.

"춤추는 별을 잉태하기 위해서는 혼돈을 품어야 한다." 독일 철학자 니체가 한 말이다. 지금 그대가 길을 잃고 방황하고 있다면, 언젠가는 춤추는 별을 잉태하기 위해 노력하기 때문이라는 사실을 잊지 마라.

도전을 두려워하지 마라. 위기를 정면으로 마주하라. 그러면 어느 순간, 위기는 사라지고 그 자리에 기회가 미소지으며 다가올 것이다.

*

혼돈은 긍정되고 체득된 뒤에야 비로소
새로운 질서로 편입된다.

Das Chaos will anerkannt und gelebt werden, bis es sich in neue
Ordnung bringen lässt.

*

혼돈은 긍정되고 체득되어야 한다

카오스 이론은 무질서하게 보이는 혼돈 상태에도 논리적 법칙이 존재한다는 이론이다.

'카오스'는 우주가 생겨나기 이전의 혼돈 상태를 말한다. 지금 우리가 사는 조화로운 세계, 코스모스도 처음에는 카오스였다.

누구나 젊은 시절에는 좌절과 방황을 경험한다. 그리고 나이가 들면서 한층 더 성숙하고 정연한 질서의 세계로 들어선다. 그게 우리네 인생이다.

혼돈을 부정하지 마라. 혼돈은 긍정되고 체득되어야 한다.

*

마지막 발걸음은 그대 혼자 내디뎌야 한다.

Den letzten Schritt muß du gehen allein.

*

H Hesse

마지막 발걸음은 그대 혼자 내디뎌야 한다

우리는 태어나면서부터 걸음마를 배운다. 수천 번 넘어져도 포기하지 않는다. 그리고 마침내 두 발로 세상을 딛고 일어선다. 바로 그때부터 인생 여정이 시작된다.

삶의 여정은 죽음을 향한 여정이기도 하다. 함께 걷는 법뿐 아니라 홀로 걷는 법을 배워야 하는 이유다.

마지막 발걸음은 그대 혼자 내디뎌야 한다. 그런데 마지막 인생길에서 후회 없는 발걸음을 내디딜 수 있는 사람이 얼마나 될까.

*

근원(根源)으로 가려면,
강을 거슬러 올라야 한다.

Wer zur Quelle will, muss gegen den Strom schwimmen.

*

H Hesse

강을 거슬러 근원으로 가라

생명의 근원을 찾기 위해서는 연어처럼 강을 거슬러 올라야 한다. 우주의 근원으로 가기 위해서는 중력을 거슬러 올라야 한다. 진리에 이르기 위해서는 때로 운명을 거슬러 올라야 한다.

자연으로 돌아가라. 근원으로 돌아가라. 그대 어미의 품으로 돌아가라.

*

혼자일 때만 자신을 발견할 수 있다.
혼자 있다는 건 고독이 아니라
가장 위대한 모험이다.

Nur im Alleinsein können wir uns selber finden. Alleinsein ist nicht Einsamkeit, sie ist das größte Abenteuer.

*

H Hesse

혼자 있다는 건 고독이 아니라 가장 위대한 모험이다

가끔은 나만의 시간, 나만의 공간이 필요하다. 혼자 있을 때는 나에게 가까이 다가설 수 있고, 오롯이 나 자신에게 충실할 수 있다.

가장 위대한 모험은 목숨을 건 모험이 아니라 나를 찾아 나서는 모험이다. 온 세상을 발견하고도 나 자신을 찾지 못한다면, 그보다 더 슬픈 일이 어디 있겠는가.

*

익숙한 길이 서로 맞닿은 곳에 이르면,
온 세상이 고향처럼 느껴진다.

Wo befreundete Wege zusammenlaufen, da sieht die ganze Welt
für eine Stunde wie Heimat aus.

*

H Hesse

우리가 걷는 인생길은
언제나 고향과 맞닿아 있다

고향은 낯익음이다. 우리는 낯섦보다 낯익음에서 더 정감을 느끼고 편안함을 느낀다.

우리가 걷는 인생길은 언제나 고향과 맞닿아 있다.

*

그대 여정의 마지막에는 고향이 있을지니.

Am Ende deines Weges wird Heimat sein.

*

H Hesse

인생 여정의 마지막은 고향이다

누구나 젊은 시절에는 낯선 곳으로 떠나고 싶어 한다. 그리고 세월이 흐른 뒤에는 다시금 정든 곳으로 돌아오려 한다. 인생은 원심력과 구심력 사이의 길항(拮抗)으로 점철되는 여정이라고 할 수 있다.

인생의 이정표는 언제나 고향을 가리키고 있다. 고향으로 돌아가 인생의 마지막 장을 넘길 때, 비로소 인생이 완성되는 게 아닐까 싶다.

*

고향은 바로 그대 안에 있다. 아니면 어디에도 없다.

Heimat ist in dir drinnen, oder nirgends.

*

H Hesse

고향은 언제나 내 안에 있다

모든 건 내 안에 있다. 적도 진리도 내 안에 있다.

우리는 늘 마음속에 고향을 품고 살아간다. 그리고 날마다 그 고향에서 다시금 새롭게 태어난다.

그대도 마음속에 고향을 품고 있는가. 아니면 고향을 잊은 채 이방인으로 살아가고 있는가.

H Hesse

2장

소명

삶의 한가운데서 한 걸음 더 나아가라

*

내 소명은 객관적으로 최선이라고 여겨지는 것을
다른 사람들에게 내어주는 게 아니라
가장 순수하고 진정한 나의 것을 내어주는 것이다.

Meine Aufgabe ist es nicht, anderen das objektiv Beste zu geben,
sondern das Meine so rein und aufrichtig wie möglich.

*

H. Hesse

가장 순수하고 진정한
나의 것을 내어주라

|

마음 부자는 '배부른' 사람이 아니라 '베푸는' 사람이다. 함께 나눌 수 있기에 진정으로 행복한 것이다.

진정한 나눔은 내가 가진 걸 내어놓는 게 아니라 오롯이 나 자신을 기꺼이 내어주는 것이다. 이처럼 따뜻한 마음과 마음이 진정 따뜻한 세상을 만든다.

*

영웅은 자신이 할 수 있는 일을
실제로 행하는 사람이다.

Jeder, der das wirklich tut, wozu er fähig ist, ist ein Held.

*

H.Hesse

그대가 할 수 있는 일을 마다하지 마라

일에는 세 가지가 있다. 하고 싶은 일, 할 수 있는 일, 해야 할 일이 그것이다. 내가 하고 싶은 일을 할 수 있고, 그 일이 내가 해야 할 일이라면, 무엇을 더 바라겠는가.

남의 고통에 눈감지 않는 사람, 지치고 힘든 이에게 도움의 손길을 내미는 사람, 내가 가진 걸 기꺼이 내어주는 사람, 비리와 불의에 의연히 맞서는 사람, 모두 우리 시대의 영웅이다.

영웅은 영웅 심리에 사로잡힌 사람이 아니라 진정으로 이웃을 아끼고 헌신하는 사람이다. 그런 영웅들과 함께 오늘을 살고 있다는 건 정말이지 크나큰 축복이고 영광이 아닐까 싶다.

*

옳다고 여기는 건 반드시 행해야 한다.

Wenn man etwas für recht hält, muß man es auch tun.

*

H Hesse

옳다고 여기는 건 반드시 행해야 한다

"참된 진리란 그것을 실천함으로써 비로소 진정한 가치를 얻게 된다." 고대 그리스의 철학자 소크라테스가 한 말이다. 참일 줄 알면서도 행하지 않으면 참된 진리에 이를 수 없다.

지금 그대가 옳다고 여긴다면, 조금도 주저하지 말고 기꺼이 행하라. 그대가 행하지 않으면, 이 세상에서 진리와 정의는 영원히 사라질지도 모른다.

*

누군가를 행복하고 즐겁게 해줄 수만 있다면,
반드시 그렇게 해야 한다.
그가 원하든 원하지 않든 간에.

Wenn wir einen Menschen glücklicher und heiterer machen können, so sollten wir es auf jeden Fall tun, mag er uns darum bitten oder nicht.

*

H Hesse

누군가를 행복하게 해줄 수만 있다면,
절대 망설이지 마라

나무는 우리에게 산소도 공급해주고, 그늘도 마련해준다. 열매도 먹게 해주고, 잎을 떨구어 토양을 비옥하게 해준다. 땔감이나 숯이 되어주기도 한다. 이처럼 나무는 자신이 가진 모든 걸 다 내어준다. 한마디로, 무조건적인 사랑이다. 이타적인 사랑, 절대적인 사랑이다.

사랑은 그 자체로 선이다. 독일의 철학자 칸트가 말하는 정언명령(定言命令)이다. 결과에 상관없이 행위 자체가 선이기 때문에 조건 없이 따라야 하는 도덕적 명령이다.

곤경에 처한 사람에게는 누군가의 도움이 절실하다. 그리고 내가 바로 그 '누군가'여야 한다. '나 하나쯤이야'가 아니라 '나 하나라도' 기꺼이 나서야 한다.

*

먼저 자신의 꿈을 찾아라. 그래야 길이 쉬워진다.

Man muß seinen Traum finden, dann wird der Weg leicht.

*

H Hesse

먼저 그대의 꿈을 찾아라

먼저 인생의 목표를 바르게 정해야 한다. 그래야 인생길이 분명해지고 쉬워진다.

절대 희망을 버리지 마라. 그대가 희망을 버리지 않는 한, 희망은 결코 그대를 버리지 않을 것이다. 그리고 언젠가는 그대의 꿈이 반드시 이루어질 것이다.

*

가능성에 도달하기 위해서는
불가능에 도전해야 한다.

Man muss das Unmögliche versuchen, um das Mögliche zu erreichen.

*

불가능에 도전해야 가능해진다

처음에는 모든 게 불가능해 보인다. 갓 태어난 아기가 걸음마를 배울 때도 그렇다. 처음 외국어를 배울 때도 그렇다. 비행기가 하늘을 나는 것도 처음에는 불가능해 보였다.

하지만 불가능이란 없다. 불가능하다고 생각하는 사람만 있을 뿐이다.

그렇다고 무조건 가능한 건 아니다. 불가능을 가능하게 하는 건 도전이다. 도전하는 자만이 불가능을 가능하게 만든다.

'가능'은 도전하는 자의 신념이고, '불가능'은 포기하는 자의 변명이다.

*

때로는 친구보다 적이 더 필요할 때가 있다.
물레방아를 돌리는 건 바람이다.

Gegner bedürfen einander oft mehr als Freunde, denn ohne Wind gehen keine Mühlen.

*

H.Hesse

때로는 친구보다
적이 더 필요하다

|

돛단배는 바람을 거슬러 나아간다. 인생도 마찬가지다. 나를 가로막는 시련과 역경을 이겨내야 앞으로 나아갈 수 있다.

'맑은 날만 계속되면 사막이 된다.'라는 말이 있다. 내가 편하면, 현실에 안주하게 되고 타성에 젖기 쉽다.

때로는 친구보다 적이 필요하다. 나를 죽이는 적이 아니라 나를 일깨우고 나에게 새로운 삶의 자세를 촉구하는 '친구 같은 적' 말이다. '스트레스가 없는 인생'이 아니라 '스트레스를 극복하는 인생'이 답이다.

*

세상의 모든 위대한 업적은
자신이 해야 하는 것보다 더 많은 걸
행하기 때문에 이루어진다.

Alles Große in der Welt geschieht nur, weil jemand mehr tut, als er muss.

*

불굴의 노력이 위대한 업적을 낳는다

최선을 다하라. 힘을 내어 한 걸음 더 내디뎌라. 그대의 목표를 향해 힘차게 달려가라. 하고 싶은 데까지가 아니라 할 수 있는 데까지 달려라. 그것이 그대가 해야 할 일이다.

자신에게 주어진 일에 최선을 다하는 것, 그것이 바로 인간의 위대함이다. 그 불굴의 노력이 위대한 업적을 낳는 것이다.

*

책을 펴내는 사람은 이른바
'시대의 흐름에 부응해야' 한다. 하지만 단순히
시대의 유행을 따르는 게 아니라 시대의 유행이
저급해질 때는 기꺼이 맞서 싸워야 한다.

Der Verleger muß 'mit der Zeit gehen', wie man sagt, er muß
aber nicht einfach die Moden der Zeit übernehmen, sondern
auch, wo sie unwürdig sind, ihnen Widerstand leisten können.

*

H. Hesse

시대의 유행에 기꺼이 맞서 싸워라

유행과 시대정신은 다르다. 유행은 일시적인 흐름이지만, 시대정신은 한 시대를 관통하고 지배하는 철학이다. 유행과 시대정신이 상충할 때는 기꺼이 유행에 맞서 시대정신을 지켜내야 한다.

물은 배를 띄우지만, 때로는 배를 뒤집기도 한다. 그렇기에 배는 물을 두려워할 줄 알아야 한다. 배가 목적지에 안전하게 이르기 위해서는 때로 거친 파도를 헤쳐 나가야 한다.

유행을 따르기보다 시대정신에 충실해야 한다. 그래야 시대의 주인공으로 우뚝 설 수 있다.

*

시인의 소명은 길을 가리키는 게 아니라
갈망(渴望)을 일깨우는 데 있다.

Das Amt des Dichters ist nicht das Zeigen der Wege, sondern vor
allem das Wecken der Sehnsucht.

*

HHesse

시인의 소명은 갈망을 일깨우는 데 있다

배를 만들기 전에 먼저 바다를 꿈꾸어야 한다. 그리고 무엇보다 드넓은 바다를 갈망해야 한다.

그대 안에 열정이 살아 숨 쉬게 하라. 삶의 열망이 뜨겁게 용솟음치게 하라. 그리하여 그대의 인생길이 그대를 위한 '바로 그 길'이 되게 하라.

*

누구나 예술가다. 자신의 인생을 형상화하고,
그렇게 자신의 예술을 만들어내야 한다.

Jeder Mensch ist ein Künstler, aber er muss sein eigenes Leben
gestalten und seine eigene Kunst machen.

*

H Hesse

누구나 자신만의 예술을 만들어내야 한다

우리는 일상의 예술에서 인생의 희로애락이 담긴, 있는 그대로의 서사(敍事)를 읽는다. 땀으로 얼룩진 얼굴에서 고달픈 인생을 보고, 어린아이의 천진난만한 미소에서 소박한 행복을 그려낸다.

"무한한 가능성 속에서 저마다의 생각은 하나의 작품이다." 프랑스 작가 귀스타브 플로베르가 한 말이다.

지금 그대는 무슨 생각을 하고 있는가. 그대의 관념 속에 무한한 우주를 품고 있는가. 그대의 미소 속에 따뜻한 휴머니즘을 머금고 있는가. 어쩌면 예술은 인생 그 자체인지도 모른다. 아니, 우리네 인생이 바로 '일상의 예술'이 아닐까 싶다.

*

**운명은 다른 데서 오는 게 아니라
내 안에서 자라난다.**

Schicksal kommt nicht von irgendwo her, es wächst im eigenen Innern.

*

H Hesse

운명은
내 안에서 자라난다

운명은 피할 수 없다고도 하고, 모든 건 운명에 달려 있다고도 한다. 그렇다면 그 운명을 어떻게 받아들여야 할까.

운명을 탓하지 마라. 운명을 핑계 대지 마라. 운명에서 벗어나려고 애쓰지도 마라.

운명은 내 안에서 싹트고, 내 안에서 자라난다. 나비의 운명은 기어오르는 게 아니라 날아오르는 것이다. 그러니 애벌레의 변신은 무죄다.

*

세상을 구하는 게 아니라 우리 자신을 구하는 게
우리에게 주어진 소명이다.

Es ist nicht unsere Aufgabe, die Welt zu retten, sondern uns
selbst zu retten.

*

H. Hesse

세상이 아니라
그대 자신을 구하라

우물 안 개구리는 우물 밖을 모른다. 동굴 속에 갇힌 사람은 동굴 밖의 세상을 알지 못한다.

어쩌면 우리는 독선과 아집, 편견의 늪에 빠져 허우적거리고 있는지도 모른다.

언제나 나를 성찰하는 것, 그릇된 상념에서 벗어나는 것, 건전하고 건강한 가치관을 세우는 것, 그것이 나를 구하는 길이다. 그리고 나 자신을 구하는 것이 궁극적으로는 세상을 구하는 길이다.

*

인간의 참된 소명은
자기 자신에게 이르는 것뿐이다.

Wahrer Beruf für den Menschen ist nur, zu sich selbst zu kommen.

*

H. Hesse

그대의 소명은
그대 자신에게 이르는 것이다

<인형의 집>은 노르웨이의 극작가 헨리크 입센이 쓴 희곡이다. 이 작품의 여주인공 노라는 남편의 병원비를 마련하기 위해 이미 세상을 떠난 아버지의 이름으로 고리대금업자로부터 돈을 빌린다. 오랜 시간이 흐른 뒤, 남편은 은행장에 취임한다.

노라는 차용증에 서명을 위조한 사실을 남편이 알게 될까 봐 걱정에 사로잡힌다. 하지만 결국 남편은 이 사실을 알게 된다. 그리고 모든 잘못을 노라의 탓으로 돌린다.

노라는 자신이 한낱 인형과 같은 존재였다는 사실을 깨닫고, 정든 '인형의 집'을 미련 없이 떠난다. 누구의 딸과 누구의 아내, 누구의 엄마로 불렸던 그녀, 그렇게 살아온 그녀가 진정한 자아를 찾아 나선 것이다.

그렇다. 인생은 '진정한 자아'를 찾아가는 여정이라고 할 수 있다. 내가 나 자신을 온전하게 이해하고 사랑할 수만 있다면, 무엇을 더 바라겠는가.

*

우리의 과제는 고유하고 유한한 삶의 한가운데서
한 걸음 더 나아가는 것이다. 짐승에서 인간으로.

Unsere Aufgabe als Menschen ist: Innerhalb unseres eigenen,
einmaligen, persönlichen Lebens einen Schritt weiter zu tun
vom Tier zum Menschen.

*

짐승에서 인간으로 한 걸음 더 나아가라

우리는 삶의 한가운데서 서로 다른 본능의 충돌을 경험하게 된다. 신성(神性)과 야수성(野獸性)의 충돌이 그것이다.

인생은 짐승처럼 '제멋대로' 사는 게 아니라 인간답게 '제대로' 사는 것이다.

이기적인 목적을 이타적인 목적으로 바꾸는 것, 소유 욕구를 존재 욕구로 바꾸는 것, 그것이 우리의 의지여야 한다. 그래서 고양(高揚)된 존재 영역으로 한 걸음 더 나아가야 한다.

*

새는 알을 깨고 나온다. 알은 세계다.
태어나려고 하는 자는 하나의 세계를
파괴해야 한다.

Der Vogel kämpft sich aus dem Ei. Das Ei ist die Welt. Wer geboren werden will, muß eine Welt zerstören.

*

H.Hesse

태어나려고 하는 자는 하나의 세계를 파괴해야 한다

곤충의 애벌레가 성충이 되기 위해서는 네 가지 과정을 거쳐야 한다. 먼저 알을 깨고 나와야 한다. 부화(孵化)다. 그리고 성장하면서 자신의 모습을 바꾼다. 변태(變態)다. 다음으로 자신을 둘러싸고 있는 허물을 벗는다. 탈피(脫皮)다. 그리고 마지막으로 날개를 펼쳐야 한다. 우화(羽化)다. 이 모든 과정이 중생(重生)이다. 다시금 새롭게 거듭나는 것이다.

우리는 끊임없이 자기혁신을 해야 한다. 자기혁신은 남이 나를 바꾸는 게 아니라 내가 나를 바꾸는 것이다. 나의 관점과 태도, 철학을 획기적으로 바꾸는 일이다. 변화를 두려워해서도 안 되고 도전을 두려워해서도 안 된다. 그래야 날마다 새롭게 태어날 수 있다.

내가 변하지 않으면 아무것도 변하지 않는다. 인생의 진리는 간단하다. 모든 건 '바꾸어야 바뀐다'.

H Hesse

행복

오늘이 가져다주는 걸 감사히 받아들여라

*

그대가 행복을 좇는 한, 그대는 아직
행복해질 준비가 되어 있는 게 아니다.

Solange du nach dem Glück jagst, bist du nicht reif zum Glücklichsein.

*

그대는 행복해질 준비가 되어 있는가

행복을 좇지 마라. 행복은 좇는 게 아니다. 지금 그대가 가진 것에 만족하며 감사하는 것, 그것이 행복이다.

행복을 붙잡으려 애쓰지 마라. 행복을 움켜쥐려고도 하지 마라. 모든 걸 놓아주고 자유롭게 살아가는 것, 그것이 행복이다.

행복은 멀리 있는 게 아니라 지금 여기, 그대 곁에 있다.

*

웃는 법을 배워라.
만일 그대들이 높은 수준의 유머에 이르기를
원한다면, 자신을 너무 진지하게 받아들이지
말아야 한다.

Ihr müsst Lachen lernen! Wenn Ihr überlegenen Humor
erlangen wollt, hört zunächst auf, Euch zu ernst zu nehmen!

*

H Hesse

그대여,
웃는 법을 배워라

|

우리 사회에서는 경건함과 진중함이 미덕으로 자리 잡은 지 오래다. 실수나 잘못이 용인되지 않는 사회 분위기도 문제다. 그래서 자기 생각이나 감정을 드러내는 걸 꺼린다.

'행복해서 웃는 게 아니라 웃어서 행복하다.'라는 말이 있다. 웃다 보면, 아픔도 잊고 슬픔도 잊게 된다. 그리고 함께 웃다 보면, 모두가 하나가 된다. 남을 웃길 자신이 없으면, 남의 이야기를 잘 들어주고 잘 웃어주면 된다.

가끔은 진지함을 내려놓아도 좋다. 자신을 너무 모질게 다루지 마라. 너그러운 마음으로 자신을 따뜻하게 끌어안아라. 어차피 사는 인생, 이왕이면 웃으며 사는 게 좋지 아니한가.

그대여, 웃는 법을 배워라. 그것이 그대가 인생을 지혜롭게 살아가는 길이다.

*

주어진 삶을 있는 그대로 받아들여라.

Man muss das Leben eben nehmen, wie es kommt.

*

H Hesse

그대의 삶을 있는 그대로 받아들여라

'운명애(運命愛), 이제부터 이것이 나의 사랑이 될지니(Amor fati: das sei von nun an meine Liebe)!'

'아모르 파티(Amor fati)'는 운명에 대한 사랑이다. 독일의 철학자 니체가 쓴 <즐거운 학문>에 나오는 말이다. 니체는 자신의 운명을 긍정하고 사랑함으로써 인간이 한층 더 위대해지고 행복해질 수 있다고 믿었다.

니체의 말처럼 내게 주어진 운명을 기꺼이 받아들이고, 지금 이 순간을 영원처럼 살아보는 건 어떨까.

*

끝까지 견뎌내는 게 우리를 강하게 만든다고
믿는 사람들이 있다. 하지만 때로는
그냥 내버려두는 게 우리를 강하게 만든다.

Manche Menschen glauben, Durchhalten macht uns stark. Doch
manchmal stärkt uns gerade das Loslassen.

*

H Hesse

때로는 그냥 내버려두는 게 나를 강하게 만든다

시련과 역경을 극복하기 위해서는 무엇보다 내가 강해져야 한다. 끝까지 포기하지 않고 이겨내야 한다. 하지만 가끔은 그냥 흘러가게 내버려두어야 할 때도 있다.

있는 그대로 받아들이는 것, 흘러가게 내버려두는 것, 그것이 자연의 순리다. 그 안에서 우리는 자유로운 영혼이 된다.

'이 또한 지나가리라.'

*

잃어버린 걸 아쉬워하고
무언가를 이루려 애쓰는 동안에는
마음의 평화를 알지 못한다.

Solang du um Verlorenes klagst und Ziele hast und rastlos bist,
weißt du noch nicht, was Friede ist.

*

H Hesse

마음을 비워야
평화가 찾아든다

'노각인생 만사비 우환여산 일소공(老覺人生 萬事非 憂患如山 一笑空).' '나이 들어 인생을 깨닫고 나니 세상일이 아무것도 아니며, 태산과 같은 걱정도 한번 웃고 나니 이내 사라져 버리는구나.'

이미 지나간 일을 후회하지 마라. 부질없는 욕심에 인생을 허비하지 마라. 부러워하지도 탐하지도 마라.

마음의 평화는 마음을 비우고 다스리는 데 있다.

*

아름다움은 아름다움을 지닌 사람이 아니라
아름다움을 사랑하고 찬미할 줄 아는 사람을
행복하게 만든다.

Schönheit beglückt nicht den, der sie besitzt, sondern den, der
sie lieben und anbeten kann.

*

H Hesse

마음이 아름다운 사람이 행복하다

아름다운 눈보다 아름답게 보는 눈이 더 아름답고, 아름다운 입보다 아름답게 말하는 입이 더 아름답다. 그리고 아름답게 보이는 몸보다 아름답게 느끼는 마음이 더 아름답다.

마음이 아름다운 사람이 진정 행복한 사람이다.

*

희망을 놓지 않는 한, 인간은 불안해할 수밖에 없다.

Man ist nur unruhig, so lange man noch Hoffnungen hat.

*

H Hesse

불안은 희망의
또 다른 이름이다

"인간은 노력하는 한, 방황하기 마련이다." 독일의 시성(詩聖) 괴테가 한 말이다. 지금 그대가 방황하고 있다면, 그건 그대가 노력하고 있다는 증표다.

인간은 희망이 있기에 살아갈 수 있다. 아무것도 희망하지 않으면, 아무것도 이루어낼 수 없다.

불안은 희망의 또 다른 이름이다. 다만, 불안이 그대의 영혼을 잠식하지 않게 하라. 절대 희망을 놓지 마라. 그러면 그대는 한층 더 성숙해지고, 그대의 희망은 더욱더 환히 빛날 것이다.

*

불행은 우리가 긍정할 때 비로소 행복이 된다.

Unglück wird zu Glück, indem man es bejaht.

*

H.Hesse

불행을 긍정해야 행복이 된다

"나는 11살에 부모를 여의었다. 그래서 남들보다 일찍 철이 들 수 있었다. 그리고 초등학교 4년이 내 학력의 전부다. 그래서 공부에 대한 미련 때문에 평생 열심히 공부할 수 있었다. 나는 어려서부터 몸이 무척 허약했다. 그래서 건강에 관심을 가지고 노력한 덕분에 건강을 유지할 수 있었다." 일본에서 '경영의 신'으로 추앙받는 마쓰시타 고노스케가 한 말이다.

"호황은 좋다. 하지만 불황은 더 좋다."라는 말에서 그가 지닌 긍정적인 사고의 한 단면을 읽어낼 수 있다.

불행을 행복과 맞바꾸려 하지 말고, 불행을 행복으로 바꾸기 위해 노력하라. 그리고 행복의 조건을 따르기보다 행복의 조건을 바꾸기 위해 노력하라.

우리가 불행을 긍정할 때, 비로소 불행은 행복이 된다.

*

사랑받는 게 행복이 아니다.
사랑하는 것, 그것이 행복이다.

Geliebt zu werden ist kein Glück. Lieben, das ist Glück.

*

H Hesse

사랑하는 것,
그것이 행복이다

사랑이 행복이다. 사랑할 수 있는 사람은 행복하다.

사랑이 어렵다고 생각하는 사람이 많다. 하지만 사랑하는 건 어렵지 않다. 마음을 열고 상대방을 있는 그대로 받아들이면 된다. 그리고 그와 더불어 오롯이 함께하는 것이다.

사랑을 받으려고만 하지 마라. 진정한 사랑은 받는 게 아니라 주는 것이다.

사람이 사랑이다. 그러니 사랑하라. 그리고 또 사랑하라. 그리하여 마침내 그대에게 주어진 삶을 완성하라.

*

행복은 내일에 대해 아무것도 바라지 않고,
오늘이 가져다주는 걸 감사히 받아들이는 것이다.
바로 그때, 마법의 순간이 찾아온다.

Glück gibt es nur, wenn wir vom Morgen nichts verlangen und vom Heute dankbar annehmen, was es bringt, die Zauberstunde kommt doch immer wieder.

*

H Hesse

오늘이 가져다주는 걸
감사하라

지금 그대가 가진 것에 감사하라. 일상에 감사하라. 오늘 하루에 감사하라. 그대가 살아 숨 쉬고 있음에 감사하라.

바로 그 순간, 그대는 행복의 마법에 걸릴 것이다.

*

인간은 행복할 때만 '선한' 존재일 수 있다.

Wenn der Mensch 'gut' sein kann, so kann er es nur, wenn er glücklich ist.

*

H Hesse

인간은
행복할 때만 선하다

우리말에 '자기 배부르면, 남의 배 고픈 줄 모른다.'라는 속담이 있다. '상전 배부르면 종 배고픈 줄 모른다.'라는 속담도 있다.

내가 배고픈데 남을 먼저 챙겨주기는 힘들다. 내가 아픈데 남의 고통에 신경 쓰기도 어렵다. 내가 배불러야 남이 배고픈 게 보이고, 내가 건강해야 남이 아플 때 도와줄 수 있다.

내가 배부르거나 배고프거나 상관없이 남이 배고픈 걸 아는 사람이 진정 '선한' 사람이다.

그대는 행복해서 선을 베푸는가, 아니면 선을 베풀어서 행복한가.

*

행복은 우리가 보지 못할 때만 누릴 수 있다.

Glück kann man nur besitzen, solange man es nicht sieht.

*

H Hesse

행복은 우리가 보지 못할 때만 누릴 수 있다

자연의 아름다움은 현미경으로 들여다보지 않는다. 있는 그대로 느끼면 그만이다.

행복의 무게는 저울로 다는 게 아니다. 행복에 지나치게 엄정한 잣대를 들이대지 마라. 너무 꼼꼼히 따지려고 하지 마라.

행복은 보는 게 아니라 마음으로 느끼는 것이다. 누구나 꿈꿀 때가 가장 행복한 법이다.

*

세상과 하나되어 잔잔하게 미소짓는 상태,
그게 행복이다.

Glück: der Zustand des still lachenden Eins-Seins mit der Welt.

*

H Hesse

지금 그대는 세상과 하나되어 미소짓고 있는가

|

웃어라. 그대 얼굴에 미소를 지어보라. 분명 그대의 얼굴이 달라질 것이다. 가짜 미소라도 좋다. 웃다 보면, 언젠가는 진짜 미소를 지을 날이 올 것이다.

세상과 하나가 되어 잔잔하게 미소지을 때, 그대는 진정 행복한 사람으로 다시 태어날 것이다.

*

행복은 '무엇'이 아니라 '어떻게'다.

Das Glück ist ein Wie, kein Was.

*

행복은 '무엇'이 아니라 '어떻게'다

행복은 소유가치가 아니라 존재가치다. '무엇을 소유하느냐'가 아니라 '어떻게 살아가느냐'다.

목적지향적인 삶보다 관계지향적인 삶이 더 행복한 법이다. 인생길에서 마주치는 사람들과 함께 나누는 따뜻한 정이 행복이다.

인생은 혼자 소유해서 행복한 게 아니라 함께 나누어서 행복한 것이다.

*

행복은 항상 여기에 있다.
그걸 어떻게 찾을지만 알면 된다.

Das Glück ist immer da, man muss nur wissen, wie man es findet.

*

H. Hesse

행복은 보물찾기다

깊은 산속에 토끼 한 마리가 살고 있었다. 산에는 클로버가 무성했다. 그런데 어느 날, 사람들이 나타나 무언가를 찾고 있었다. 그들이 찾는 건 바로 '행운'을 뜻하는 네 잎 클로버였다. 토끼도 그 행운을 찾기 위해 온 산을 헤집고 다녔다. 얼마 뒤, 배고픔을 견디지 못한 토끼는 세 잎 클로버가 무성한 풀밭 위에서 죽은 채로 발견되었다.

벨기에의 작가 마테를링크가 쓴 <파랑새>라는 동화극이 있다. 가난한 나무꾼의 자녀인 치르치르와 미치르는 파랑새를 찾기 위해 추억의 나라와 미래의 나라로 떠난다. 하지만 성공하지 못한 채 집으로 돌아온다. 꿈에서 깨어난 남매는 집에서 기르는 비둘기가 파랗다는 사실을 깨닫는다.

행복은 보물찾기다. 지금 그대 곁에 행복이 감추어져 있다. 어린 시절에 보물찾기 하던 열정만 있다면, 어디선들 행복을 찾지 못하겠는가.

*

인간은 행복을 열망하면서도
오래 견뎌내지 못한다.

Der Mensch ist voll Verlangen nach Glück und erträgt doch das Glück nicht lange Zeit.

*

H. Hesse

행복은 축제가 아니라 일상이다

인간은 자신이 갖지 못한 것에 무한한 욕망을 느낀다. 하지만 이미 가진 것에 대해서는 더 이상 욕망을 느끼지 못한다. 한때 소중하게 여기던 것도 시간이 지나면 쉽게 싫증을 느끼게 된다.

우리는 행복을 추구하면서도 막상 행복한 상태에 이르면, 더 이상 행복하다고 느끼지 않는다. 행복이 일상이 되기 때문이다.

행복은 거칠게 몰아치는 태풍이 아니라 살포시 불어오는 봄바람이다. 그렇다. 행복은 광란의 축제가 아니라 소소한 일상이어야 한다.

*

행복으로 가는 길은 없다. 행복이 곧 길이다.

Es gibt keinen Weg zum Glück. Glück ist der Weg.

*

행복이 곧 길이다

누구나 행복해지고 싶어 한다. 그래서 행복으로 가는 길을 찾아 헤맨다. 하지만 행복으로 가는 길은 없다. 행복이 바로 그 길이기 때문이다.

지금 내가 걷는 이 길이 '행복으로 가는' 길이 아니라 '행복한' 길이라는 사실을 잊지 마라.

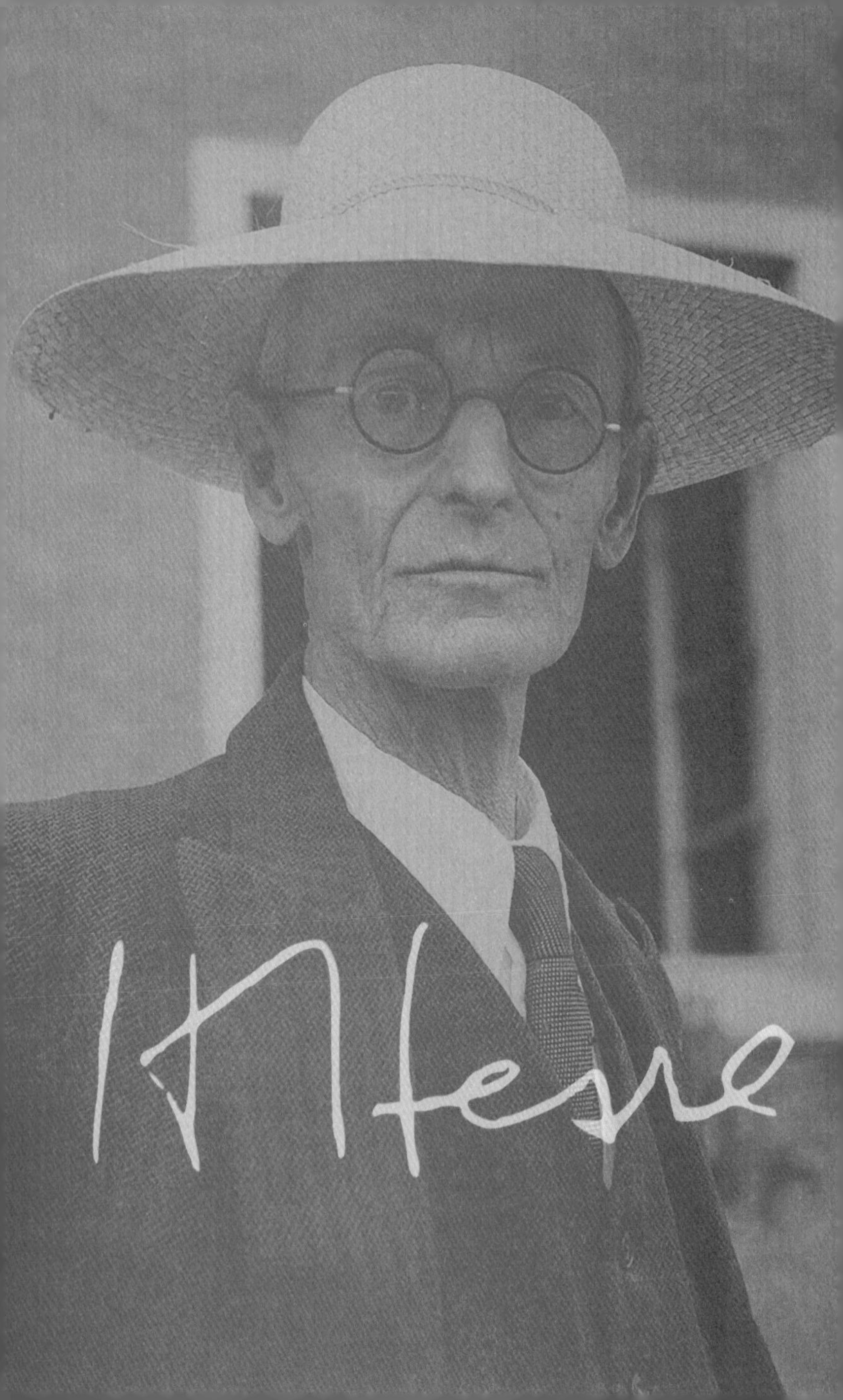
H Hesse

사랑

누군가를 사랑할 때는 그의 모든 걸 사랑하라

*

나는 누군가를 사랑할 때 그의 모든 걸 사랑한다.
그의 강점과 약점, 장점과 결점까지도.

Wenn ich einen Menschen liebe, liebe ich ihn ganz. Ich liebe seine Stärken und seine Schwächen, seine Vorzüge und seine Fehler.

*

H Hesse

누군가를 사랑할 때는 그의 모든 걸 사랑하라

|

사랑에는 놀라운 마력(魔力)이 있다. 상대방의 약점을 강점으로, 단점을 장점으로 만들어준다. 그리고 부족함을 온전함으로 채워준다.

사랑은 선택적인 게 아니다. 절대적이고 영속적이어야 한다.

지금 그대가 누군가를 사랑하고 있다면, 그의 모든 걸 사랑하라. 그 사람의 모든 걸 온전히 받아들이도록 하라.

*

우리가 더 많이 사랑하고 자신을 더 많이 내어줄 때,
인생은 더 큰 의미를 지니게 된다.

Je mehr wir zu lieben und hinzugeben fähig sind, desto sinnvoller wird unser Leben.

*

H Hesse

자신을 더 많이 내어줄 때,
인생은 더 큰 의미를 지니게 된다

내가 손에 쥐고 있는 건 아무 의미가 없다. 내 손에 있는 걸 다른 사람에게 내어줄 때 비로소 의미를 지니게 된다.

사랑은 내가 가진 걸 아낌없이 내어주는 일이다. 누군가를 더 많이 사랑하고 자신을 더 많이 내어주는 것, 그것이 바로 의미 있는 삶이고 가치 있는 삶이다.

*

사랑은 사막에서 솟아나는 샘이고,
황무지에서 자라나는 나무다.

Es bedeutet den Quell in einer Wüste, den blühenden Baum in einer Wildnis.

*

H. Hesse

사랑은 사막에서 솟아나는 샘이다

사랑은 샘이 깊은 물이고, 뿌리 깊은 나무다. 가뭄에도 마르지 않고, 바람에도 흔들리지 않는다. 사랑은 영원이고 불멸이다.

사랑에 목마른 이여, 지금 그대는 인생의 한가운데서 사랑의 오아시스를 찾아 헤매고 있는가.

*

사랑의 힘은 천부적이다.
그건 자신을 내어주려는 갈망이다.

Genie ist Liebeskraft, ist Sehnsucht nach Hingabe.

*

H Hesse

사랑은 자신을 내어주려는 갈망이다

사랑은 책으로 배울 수도 없고 말로 가르칠 수도 없다. 머리로 생각할 수 있는 건 더더욱 아니다.

사랑은 헌신이다. 자신이 가진 걸 모두 내어준다. 사랑하는 사람을 위해서라면, 기꺼이 자신을 바치기도 한다.

사랑은 아름답게 불타오르는 갈망, 영원히 꺼지지 않는 열정이다.

*

사랑은 지혜로운 욕망이다.
사랑은 소유하려 하지 않고 사랑하려 할 뿐이다.

Liebe ist weise gewordene Begierde; Liebe will nicht haben; sie will nur lieben.

*

H.Hesse

사랑은 지혜로운 욕망이다

사랑은 욕망이다. 사랑하는 사람의 행복을 바라는 이타적인 욕망이다.

사랑에서 소유한다는 건 아무 의미가 없다. 무언가를 움켜쥐려는 사람은 절대 사랑할 수 없다.

사랑은 한꺼번에 두 발을 내딛는 게 아니라 사랑하는 사람에게 한발 다가가는 것이다.

사랑하는 사람은 아무것도 바라지 않는다. 그저 사랑할 뿐이다. 사랑은 세상의 어리석음이 아니라 하늘의 지혜로움이다.

*

부드러움은 딱딱함보다 강하다.
물은 바위보다 강하다. 사랑은 폭력보다 강하다.

Weich ist stärker als hart, Wasser stärker als Fels, Liebe stärker als Gewalt.

*

사랑은 폭력보다
강하다

사랑은 부드럽다. 엄마 품처럼 부드럽다. 모든 걸 감싸고 어루만지고 토닥여준다.

사랑의 힘은 위대하다. 불굴의 의지로 모든 시련과 역경을 이겨낸다.

사랑은 생명력이 강하다. 사랑은 황량한 사막 한가운데서 피어나는 불멸의 꽃이다.

*

사랑은 애걸하거나 돈으로 사거나 선물로
받을 수 있다. 혹은 길거리에서 찾을 수도 있다.
하지만 사랑을 빼앗을 수는 없다.

Liebe kann man erbetteln, erkaufen, geschenkt bekommen, auf
der Gasse finden, aber rauben kann man sie nicht.

*

H. Hesse

사랑을
빼앗을 수는 없다

사랑을 빼앗을 수는 없다. 남에게서 사랑을 빼앗는다고 그게 내 것이 되지 않는다.

사랑을 빼앗을 수 있다고 믿는 사람은 사랑에 대해 지극히 무지한 사람이다. 사랑은 빼앗을 수도 빼앗길 수도 없는, 모든 이해관계와 가치체계를 뛰어넘는 절대 감정이다.

*

정직하다는 건 좋은 일이다.
하지만 사랑이 없이는 무가치하다.

Aufrichtigkeit ist eine gute Sache, aber sie ist wertlos ohne die Liebe.

*

H. Hesse

사랑이 없이는 모든 게 무가치하다

사랑을 모르면서 인생을 안다고 말하지 마라. 사랑 없이는 모든 게 무의미하고 무가치하다. 사랑이 있어야 비로소 우리 인생이 의미를 지니게 된다.

사랑은 '무가지보(無價之寶)'다. 값을 매길 수 없을 만큼 소중한 보물이다. 가치가 없는 게 아니라 너무 소중해서 값을 매길 수 없는 것이다.

*

사랑의 가장 멋진 부분은
사랑이 우리의 눈을 뜨게 하고, 우리에게 세상의
경이로움을 보여준다는 것이다.

Das Schönste an der Liebe ist, dass sie uns die Augen öffnet und
uns das Wunderbare in der Welt zeigt.

*

H. Hesse

사랑이 우리의 눈을 뜨게 한다

사랑의 눈으로 바라보는 세상은 이전과는 분명히 다르다. 어두운 구름에 가려 있던 암울한 세상이 영롱한 무지개기 피이오르는 아름다운 세상으로 변한다. 길가에 핀 꽃이나 가로수, 길을 걷다 마주치는 사람 모두 경이로움으로 다가온다.

사랑하는 사람은 새로운 눈으로 세상을 바라본다. 그게 사랑의 경이로움이다.

우리는 사랑에 눈이 머는 게 아니라 사랑에 눈이 뜨이는 것이다.

*

사랑과 열정, 감동만이 중요하다면,
그대가 아토스산의 수사(修士)이든
파리의 탕아(蕩兒)이든 상관없다.

Wenn nur die Hauptsache da ist, die Liebe, das Brennen, das Ergriffensein, dann ist es einerlei, ob du Mönch auf dem Berge Athos bist oder Lebemann in Paris.

*

H Hesse

사랑하는 사람에게는 사랑이 전부다

누군가를 사랑할 수만 있다면, 내가 어디에 있든 전혀 문제가 되지 않는다. 사랑하는 사람과 함께 있으면, 그곳이 바로 천국이기 때문이다.

사랑의 열정과 감동은 시간이 지나도 쉽게 꺼지지 않는다. 아니, 오히려 더 뜨겁게 불타오른다.

사랑하는 사람에게는 사랑이 전부다. 사랑이 행복의 원천이고 존재의 이유다.

*

사랑하고 인내하고 용서할 줄 아는 사람이
언제나 승리해왔다.

Gewonnen hat immer der, der lieben, dulden und verzeihen
kann.

*

H Hesse

사랑할 줄 아는 사람이 승리한다

사랑싸움은 승패를 가리는 게 아니다. 치열하게 서로의 사랑을 확인하는 것뿐이다. 그래서 결국에는 모두 아름다운 승자가 되는 것이다.

사랑하는 사람은 인내할 줄도 용서할 줄도 알아야 한다. 그래야 인생에서 승리할 수 있다.

*

내게는 세상을 사랑하고,
세상과 나와 모든 존재를 사랑과 경이로움과
경외심으로 바라볼 수 있는 것만이
중요할 뿐이다.

Mir aber liegt einzig daran, die Welt lieben zu können, sie und mich und alle Wesen mit Liebe und Bewunderung und Ehrfurcht betrachten zu können.

*

H Hesse

세상과 모든 존재를 사랑과 경이로움으로 바라보라

지금 그대는 세상의 모든 생명과 존재를 사랑과 경이로움으로 바라보고 있는가.

내가 살아 있다는 것, 누군가를 사랑한다는 것, 함께 꿈을 꾼다는 것, 모든 게 기적이다. 이 놀라운 기적이 바로 그대의 인생이다.

*

무엇보다 중요한 건 아이들을 이해하고 존중하고
사랑하는 법을 배우는 것이다.

Es kommt darauf an, Kinder zu verstehen und sie erkennend
lieben zu lernen.

*

아이들을 이해하고 존중하고 사랑하라

|

'아이는 어른의 거울이다.'라는 말이 있다. 아이에게 어른의 모습이 투영되기 때문이다

'어른은 아이의 거울이다.'라는 말도 가능하다. 아이는 어른을 거울삼아 배우고 따르기 때문이다. '아이는 어른의 미래이고, 어른은 아이의 미래다.' 이 놀라운 역설 또한 가능하다.

아이들을 사랑하고 존중하라. 그것이 어린 시절의 나를 사랑하는 것이고, 미래의 나를 사랑하는 것이다.

아이의 순진함은 그대가 잃어버린 고향이고, 그대가 꿈꾸는 이상향이다.

*

위대한 사랑 안에서는 자신을 잃는 게 아니라
자신을 얻게 된다.

In einer großen Liebe verliert man sich nicht, man findet sich.

*

H. Hesse

우리는 사랑 안에서 나 자신을 얻는다

인생은 나를 찾아 떠나는 여행이다. 그 힘겨운 여정에서 사랑하는 사람과 더불어 온전한 나를 찾게 된다.

누구나 사랑을 하면, '새사람'이 된다. 그리고 사랑을 통해 잃어버린 낙원을 되찾는다. 사랑의 낙원에서 나는 아담이 되고, 그대는 이브가 된다.

*

자신에 대한 사랑 없이는
이웃에 대한 사랑은 불가능하다.

Ohne Liebe zu sich selbst ist auch die Nächstenliebe unmöglich.

*

H. Hesse

자신에 대한 사랑 없이는 이웃에 대한 사랑은 불가능하다

내가 나를 사랑하지 않고서 남을 사랑할 수는 없다. 진정한 자기애(自己愛)는 이기적인 사랑이 아니다. 이기심을 뛰어넘는 이타적인 사랑이어야 한다.

사랑은 나와 남을 구분하지 않는다. 차별하지도 않는다. 사랑 안에서는 모두가 하나가 된다. 나에 대한 사랑과 이웃에 대한 사랑은 둘이 아닌 하나다.

*

자아(自我)가 없이는
진정 심오한 사랑은 존재할 수 없다.

Ohne Persönlichkeit gibt es keine Liebe, keine wirklich tiefe Liebe.

*

자아가 없이는
심오한 사랑을 할 수 없다

누군가를 사랑하기 위해서는 나 자신을 먼저 알아야 한다. 그리고 나를 먼저 사랑해야 한다. 내가 사랑의 주체이기 때문이다.

나를 알아야 남을 알 수 있고, 나를 사랑해야 남을 사랑할 수 있다. 그래야 깊이 있는 사랑을 함께 나눌 수 있다.

*

진정 사랑하는 사람은 자기 자신을 찾는다.
하지만 대부분은 자신을 잃기 위해 사랑한다.

Wer richtig liebt, der findet sich selbst. Die Meisten aber lieben,
um sich zu verlieren.

*

H Hesse

진정 사랑하는 사람은
자기 자신을 찾는다

사랑은 이중적이다. 사랑이라는 감정 때문에 자신을 잃는 사람도 있고, 자신을 찾는 사람도 있다.

나를 잃지 않고 사랑하는 법, 사랑의 실타래에서 존재의 실마리를 찾는 법, 그것이 그대가 배워야 할 인생의 지혜다.

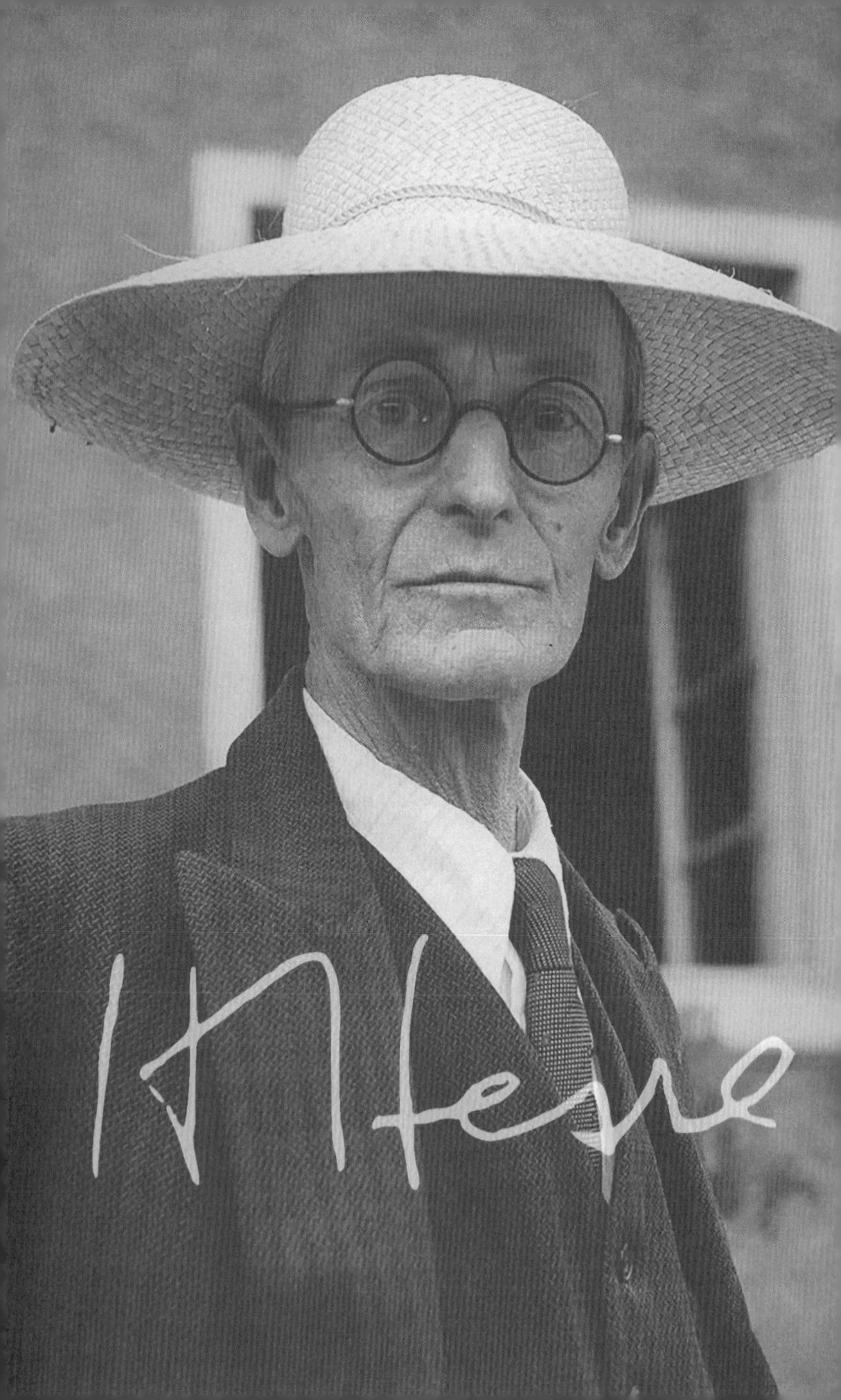
H Hesse

인생

가지를 흔들지 말고, 뿌리를 깊이 내려라

*

가지를 흔들지 말고, 뿌리를 깊이 내려라.

Ich muss die Wurzeln tiefer treiben, nicht an den Ästen rütteln.

*

H. Hesse

그대 인생의 뿌리를 깊이 내려라

중국 동부지역에서 자생하는 모소대나무는 4년 동안 3cm밖에 자라지 않는다. 그런데 놀랍게도 5년째 되는 날부터 하루에 30cm 넘게 자라기 시작한다. 그리고 6주 만에 15m 높이로 자란다.

이게 어떻게 가능한 걸까. 겉으로 보기와는 달리 실제로는 4년 동안 땅속 깊이 뿌리를 내리고 있는 것이다. 그 '깊이'가 '높이'를 만들어내는 것이다.

꽃이 피지 않는다고 나무를 꺾지 마라. 마음의 여유를 갖고 꽃이 필 때를 기다려라. 남들보다 못하다고 아이를 나무라지 마라. 남들보다 늦다고 아이를 다그치지 마라. 그 아이가 자라나 언젠가는 자신만의 아름다운 꽃을 피울 것이다.

세파에 쉽게 흔들리지 마라. 그리고 그대 인생의 뿌리를 깊이 내리도록 하라.

*

인생의 비열함에 맞설 최상의 무기는
용기와 집념과 인내이다. 용기는 강인함을 주고,
집념은 즐거움을 주고, 인내는 평온함을 준다.

Gegen die Infamitäten des Lebens sind die besten Waffen:
Tapferkeit, Eigensinn und Geduld. Die Tapferkeit stärkt, der
Eigensinn macht Spaß, und die Geduld gibt Ruhe.

*

그대는 인생의 비열함에 맞서 싸울 준비가 되어 있는가

그대는 인생이 비열하다고 생각하는가. 그렇다면 물러서지 말고 끝까지 맞서 싸워라.

용기는 나를 강하게 하고, 집념은 나를 즐겁게 하고, 인내는 나를 평온하게 한다.

용기를 잃지 마라. 집념을 버리지 마라. 그리고 인내하라. 그대의 용기와 집념, 인내로 인해 인생의 비열함은 저 멀리 사라져버릴 것이다.

*

인생을 너무 진지하게 받아들이지 마라.
누구도 살아서는 이 모험에서 벗어날 수 없다.

Wir sollten das Leben nicht so ernst nehmen – niemand kommt
lebendig aus diesem Abenteuer heraus.

*

H.Hesse

누구도 살아서는
이 모험에서 벗어날 수 없다

인생은 모험이다. 생사를 건, 아주 위험한 모험이다. 피할 수 없는 모험이다.

안일한 인생은 모험이 아니다. 너무 진지한 인생도 모험이 될 수 없다. 인생을 너무 진지하게 받아들이면, 그 진지함에 갇혀 버리게 된다.

모험은 즐겨야 한다. 아무리 힘든 모험이라도 즐길 줄 알아야 한다. 인생이 모험이라면, 온몸으로 기꺼이 즐겨야 한다.

*

모든 인생은 분열과 모순을 통해 풍요로워지고,
생명력이 강해진다.

Jedes Leben wird erst durch Spaltung und Widerspruch reich
und blühend.

*

H Hesse

모든 인생은 분열과 모순을 통해 풍요로워진다

인생은 분열과 모순으로 점철되어 있다. 그로 인해 우리는 많은 고통을 겪는다. 하지만 역설적으로 인생은 그로 인해 더욱 풍요로워지고 생명력이 강해진다.

누군가는 말한다. "견뎌낼 만한 고통이 있다는 건 축복이다."

지금 그대에게도 견뎌낼 만한 고통이 있는가. 그 고통을 축복이라고 여기고 있는가. 그래서 그 축복에 감사하며 살아가고 있는가.

*

인간에게는 공동체가 필요하다. 하지만 인간은 공동체에 대해 책임지는 걸 두려워한다.

Der Mensch hat das Bedürfnis nach Gemeinschaft, aber er fürchtet auch ihre Lasten.

*

H Hesse

인간은 공동체에 대해 책임지는 걸 두려워한다

아리스토텔레스는 인간을 사회적인 동물로 규정했다. 그는 개인의 자아실현이 사회의 테두리 안에서 도덕적인 활동을 통해 가능하다고 했다. 물고기가 물을 떠나 살 수 없듯이 개인은 사회를 떠나서는 살 수 없다. 지극히 자명한 이치다.

사회는 개인을 보호하는 안전망이고, 사회의 구성은 개인의 책임을 전제로 한다.

그대는 보호받기를 원하는가. 그렇다면 기꺼이 공동체에 대한 책임을 함께 짊어져라.

*

내일 벌어질지 모를 일에 대한 걱정 때문에 우리는
오늘과 현재, 그리고 현실을 잃어버리고 만다.

Über den ängstlichen Gedanken, was uns morgen zustoßen könnte, verlieren wir das Heute, die Gegenwart und damit die Wirklichkeit.

*

H Hesse

내일 일은
지금 걱정하는 게 아니다

"아저씨! 저는 행복의 비밀을 알아냈어요. 그건 과거를 후회하거나 미래를 걱정하며 시간을 낭비하지 않고, 지금 이 시간을 최대한 즐겁게 사는 거예요." 진 웹스터의 서간체 소설 <키다리 아저씨>에서 주인공 쥬디가 한 말이다.

"내가 죽는 걸 왜 걱정해야 해? 살아 있는 동안 일어나지 않을 텐데." 뉴욕시립대 교수 레이먼드 스멀리언이 한 말이다. 그는 97세까지 즐겁게 살다 인생을 마감했다.

세상에는 무거운 짐을 지고 살아가는 사람들이 많다. 그 짐이 내 인생에 필요한 거라면, 기꺼이 짊어져야 한다. 하지만 내 인생에 전혀 도움이 되지 않는 짐이라면, 지금 당장 내려놓아야 한다. 마음의 짐을 내려놓으면, 인생은 한결 가벼워지고 즐거워진다.

'걱정해서 걱정이 없어지면, 걱정할 게 없겠네.' 티베트 속담이다.

*

모든 길은 그냥 길일 뿐이다.
단 하나의 올바른 방향은 존재하지 않는다.

Jeder Weg ist nur ein Weg, und keine Richtung ist die einzig richtige.

*

H. Hesse

모든 길은
그냥 길일 뿐이다

중국 전국시대의 사상가인 장자는 '도행지이성(道行之而成)'이라고 했다. 길은 사람들이 그 위를 걸어 다님으로써 만들어진다는 뜻이다. 하늘이나 땅이나 처음부터 길이 있었던 건 아니다. 누군가가 첫발을 내디뎠고, 또 다른 누군가가 그 뒤를 따라 걸었기 때문에 길이 생겨난 것이다.

"그것은 한 인간에게는 작은 발걸음이지만, 인류에게는 거대한 도약이다." 인류 최초로 달에 첫발을 내디딘 미국의 우주비행사 닐 암스트롱이 한 말이다.

누구에게나 자신만의 길이 있다. 내가 가지 않는 길은 그냥 길일 뿐이다.

인생은 남의 길을 가는 게 아니라 나의 길을 가는 것이다. 남이 가는 길을 내 길이라고 착각하지 마라. 그 길을 가려고 애쓰지도 마라. 지금 그대가 들어선 이 길이 그대가 가야 할 길이다.

*

영웅적인 삶보다 인간다운 삶에
더 큰 용기가 필요하다.

Es gehört meist mehr Mut dazu, einfach menschlich, statt
heldenhaft heroisch zu sein.

*

H Hesse

영웅이 되기에 앞서 먼저 인간이 되어야 한다

'인간다움'은 인간으로서의 기본 소양이고 자질이다. 인간다운 삶을 위해서는 영웅적 용기보다 시민적 용기가 더 필요하다.

영웅이 되기에 앞서 먼저 인간이 되어야 한다. 아무리 영웅적인 행위를 해도 인간이 되지 않고서는 진정한 영웅이라고 할 수 없다.

영웅 심리에 사로잡히지 마라. 영웅 대접을 받으려고도 하지 마라. 영웅이 되려고 애쓰지도 마라.

먼저 인간이 되어야 한다. 인간이 덜된 영웅은, 어느 순간 무서운 '괴물'로 변할지도 모른다.

*

우리의 목표는 서로가 뒤섞이는 게 아니라
서로를 온전히 아는 것이다.

Unser Ziel ist nicht, ineinander überzugehen, sondern einander
zu erkennen.

*

우리는 서로를 온전히 알고 있는가

우리말에 '열을 듣고 하나도 모른다.'라는 속담이 있다. 아무리 들어도 깨우치지 못하니 어리석고 우둔하다는 뜻이다.

분명한 건 하나를 알아야 열을 알 수 있다는 사실이다. 열을 아는 것보다 하나라도 온전히 아는 게 중요하다. 무엇보다 하나의 가치를 소중하게 여길 줄 알아야 한다. 모든 건 하나에서 비롯되기 때문이다.

이 세상에 나와 똑같은 사람은 없다. 남이 다르게 생각하고 다르게 말한다고 해서 틀린 게 아니다. 그냥 나와 다른 것뿐이다.

우리 인생은 서로를 잘 알지도 못하면서 뒤섞이는 게 아니라 제대로 알고 함께하는 것이다. 서로의 다름을 이해하고 존중할 수만 있다면, 분명 조화롭게 살아갈 수 있는 새로운 지평이 열릴 것이다.

*

우리는 성숙함과 더불어 더욱 젊어진다.

Mit der Reife wird man immer jünger.

*

H Hesse

우리는 성숙함과 더불어 더욱 젊어진다

한 여배우가 사진관에 들어섰다. 사진을 찍기 전, 그녀가 사진사에게 말했다. "선생님, 제 주름살은 보정하지 마세요." 사진사가 그 이유를 묻자 그녀는 환하게 웃으며 말했다. "그걸 얻는 데 평생이 걸렸거든요."

나무가 열매를 맺기 위해서는 모진 비바람을 견뎌내야 한다. 주름살은 인생의 비바람을 견뎌낸 나만의 아름다운 기록이다. 그러니 내 얼굴에 핀 건 주름살이 아니라 '주름꽃'이라고 해야 하지 않을까.

나이가 들면서 생겨나는 문제는 몸의 노화가 아니라 마음의 노화다. 몸은 늙어 가지만, 마음은 젊어질 수 있다. 모든 건 마음먹기에 달려 있다. 우리에게 필요한 건 긍정적인 마음의 시계다.

그대 마음속에 청춘을 품어라. 그리고 마지막까지 청춘을 불사르라.

*

꽃이 시들고 젊음도 사라지듯이
인생은 각각의 시기마다 새롭게 피어난다.

Wie jede Blüte welkt und jede Jugend dem Alter weicht, blüht jede Lebensstufe.

*

H.Hesse

인생은 각각의 시기마다
새롭게 피어난다

나무마다 꽃이 피는 시기가 다르다. 인생의 꽃을 피우는 시기도 사람마다 다르다. 인생에서 너무 늦은 때는 없다. 언제나 지금이 바로 '그때'이기 때문이다.

꽃이 화려해야 아름다운 건 아니다. 단아한 모습으로 잔잔한 아름다움을 풍기는 꽃도 있다. 길가에 무심히 피어 있는 이름 모를 꽃도 아름답기는 매한가지다. 모진 비바람을 견뎌내고 인생의 꽃을 피워 내는 것만으로 충분히 아름답다.

이 세상에 아름답지 않은 꽃이 어디 있으며, 소중하지 않은 인생이 어디 있으랴.

*

인생은 해결해야 할 문제가 아니라 살아가야 할 신비로움이다.

Das Leben ist kein Problem, das gelöst werden muss. Es ist ein Mysterium, das gelebt werden muss.

*

H Hesse

인생은 그대가 살아가야 할 신비로움이다

무한한 우주와 아름다운 자연, 이 세상은 온통 신비로움으로 가득하다. 우리 인생도 신비로움으로 가득하다.

인생을 너무 알려고 하지 마라. 안다고 자부하지 마라. 굳이 아는 척도 하지 마라. 인생은 그 신비로움에 매료되어 즐거이 살아가면 그뿐이다.

*

인생은 퍼즐과 같다. 가끔은 상(像)을 완성하기 위해
몇 개의 조각을 떼어내어 새로 짜 맞추어야 한다.

Das Leben ist wie ein Puzzle. Manchmal muss man ein paar Teile herausnehmen und neu anordnen, um das Bild zu vervollständigen.

*

H Hesse

인생은
퍼즐과 같다

인생은 퍼즐이다. 여러 조각을 짜 맞추어 하나의 온전한 상(像)을 완성해 나가는 것이다. 행여 잘못 맞추기라도 하면, 곧바로 떼어내어 다시 짜 맞추어야 한다.

작은 조각이라고 무시하지 마라. 깨어진 조각이라도 버리지 마라. 조각이 하나라도 없으면, 퍼즐을 완성할 수 없다.

빗물이 모여 바다가 되고, 티끌이 모여 태산이 된다. 그리고 지금 이 순간이 모여 영원이 된다.

희망의 조각들을 잘 짜 맞추어야 한다. 그러면 어느 순간, 미래가 그대를 향해 환히 미소지으며 다가올 것이다.

*

인생은 우리가 날마다 포장을 풀어볼 수 있는
선물과도 같다.

Unser Leben ist ein Geschenk, das wir jeden Tag auspacken dürfen.

*

인생은 날마다
새로운 선물이다

영어로 'present'는 현재라는 뜻도 있고, 선물이라는 뜻도 있다.

지금 내가 살아가고 있는 인생은 선물이다. 내가 애써 벌어들인 게 아니라 선물로 거저 받은 것이다.

우리는 날마다 새로운 선물을 받아든다. 그 아름다운 선물을 풀어보지도 않고 그냥 내버려두는 사람은 게으르고 어리석은 사람이다.

뜨는 해와 지는 해는 같지만, 그대의 어제와 오늘은 분명 달라야 한다.

*

인생은 우리가 떠나는 단 한 번의 여행이다.
그렇기에 매 순간을 즐기려고 노력해야 한다.

Das Leben ist eine Reise, die wir nur einmal machen. Wir sollten versuchen, jeden Moment zu genießen.

*

인생은 우리가 떠나는 단 한 번의 여행이다

여행은 언제나 즐겁다. 준비할 때도 즐겁고, 가는 길도 즐겁다. 여행지에서도 즐겁다. 여행은 그 자체로 즐거움이다.

'지금 이 순간을 즐겨라(carpe diem)!' 고대 로마의 시인 호라티우스가 쓴 시 <오데즈(Odes)>에 나오는 구절이다.

우리 인생이 단 한 번의 여행이라면, 모든 걸 쏟아부어야 한다. 그리고 마지막 순간까지 즐겨야 한다.

'오늘 우리가 헛되이 보낸 하루가 어제 죽은 이가 그토록 바라던 내일이다.'라는 말이 있다. 우리가 살아가는 바로 이 순간이 너무나도 소중한 이유다.

그러니 오늘 하루도 감사하는 마음으로 열심히, 그리고 즐겁게 살아야 하지 않겠는가.

*

우리는 인생이 의미를 가져야 한다고 믿는다.
하지만 인생은 우리 자신이 줄 수 있는 만큼만
의미를 갖는다.

Wir verlangen, das Leben müsse einen Sinn haben - aber es hat nur ganz genau so viel Sinn, als wir selber ihm zu geben imstande sind.

*

H Hesse

인생의 의미는 내가 부여하는 만큼이다

인생은 어디에 의미를 두느냐에 따라 달라진다. 작은 선행, 작은 감사에도 무한의 의미를 부여할 수 있다.

남과 더불어 살아가는 것, 불쌍한 이에게 도움의 손길을 내미는 것, 서로 마주보며 미소짓는 것, 모두 의미 있는 일이다.

인생의 의미는 내가 부여하는 만큼이다.

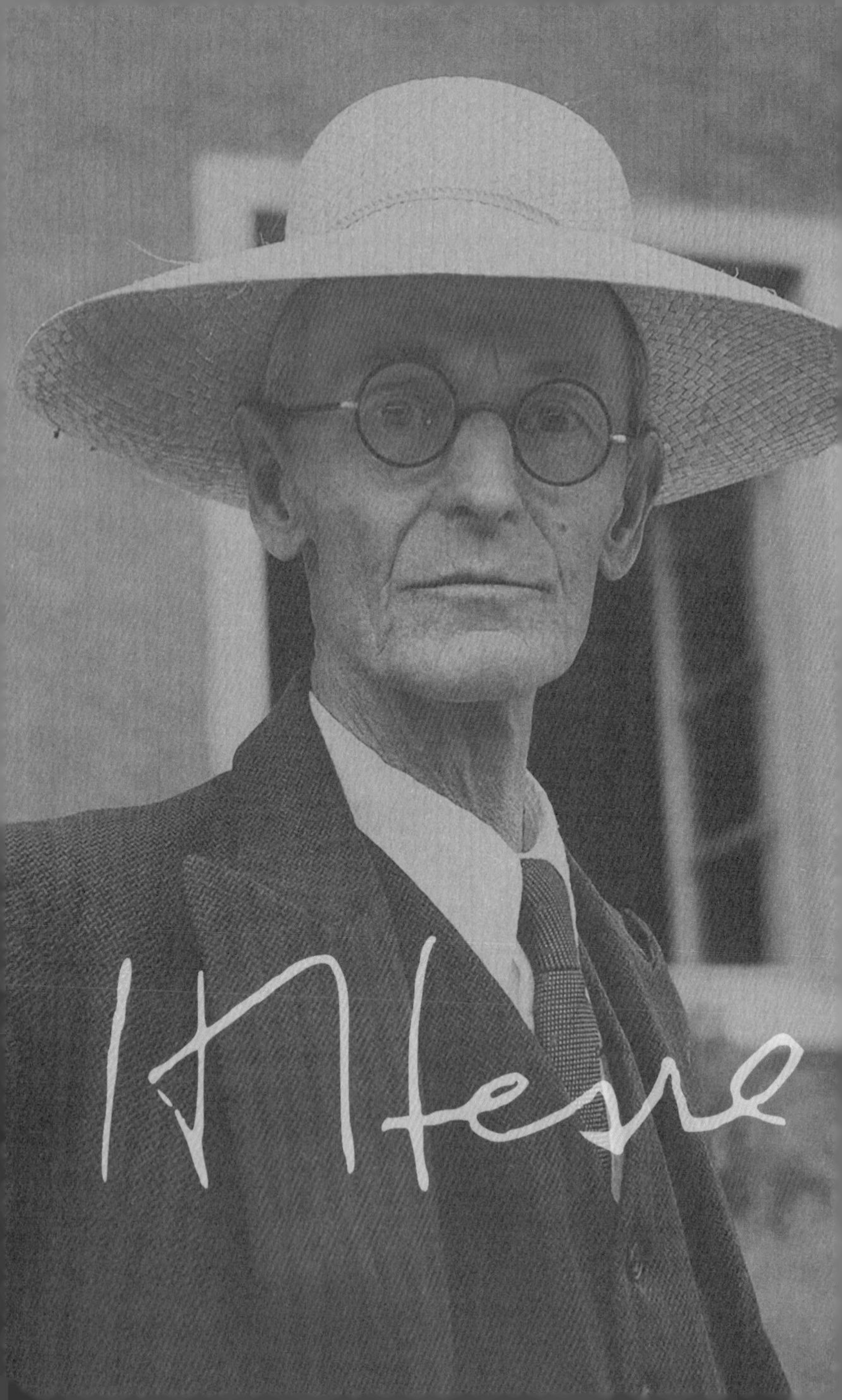
H Hesse

삶과 죽음

죽음은 존재하지 않고, 죽음에 대한 불안만이 존재한다

*

추억한다는 건 한때 즐겼던 걸 부여잡을 뿐 아니라
한층 더 순수한 형태로 만들어가는 예술이다.

Erinnerung heißt die Kunst, einmal Genossenes nicht nur
festzuhalten, sondern es immer reiner auszuformen.

*

H. Hesse

추억은 한때 즐겼던 걸
더욱 순수한 형태로 만들어가는 예술이다

우리는 즐겁고 행복했던 시절을 떠올리며 추억에 잠기곤 한다. 때로는 싱그레 미소를 머금기도 하고, 때로는 괜스레 눈물을 흘리기도 한다.

사진이 희미해진다고 추억이 희미해지는 건 아니다. 추억은 시간이 흐를수록 오히려 더 또렷해지고 강렬해진다. 추억의 편린(片鱗)은 우리를 과거로 이끄는 한 줄기 밝은 빛이다.

추억한다는 건 각박한 현실에서도 때 묻지 않은 순결을 지켜내는 예술이다.

*

늙음은 젊음만큼이나 아름다운 과제다.

Alt-sein ist eine ebenso schöne Aufgabe wie Jung-sein.

*

늙음은
아름다운 과제여야 한다

늙는다는 건 지극히 자연스러운 현상이고 당연한 일이다.

새싹이 아름답듯이 단풍도 아름답고, 일출이 아름답듯이 석양도 아름답다. 인생의 황혼도 그러해야 한다.

그러니 늙는 걸 두려워하지 마라. 인생은 '늙어가는(older)' 게 아니라 '익어가는(riper)' 것이니.

*

청년기는 이기적인 마음과 더불어 끝나고,
노년기는 타인을 위한 삶과 더불어 시작된다.

Die Jugend hört auf mit dem Egoismus, das Alter beginnt mit dem Leben für andere.

*

H.Hesse

노년기는 타인을 위한 삶과 더불어 시작된다

'나만'을 위해 사는 건 제대로 사는 게 아니다. '남도' 함께 살아야 한다. 인생은 '홀로서기'가 아니라 '함께 서기'다. 나와 남이 함께 어우러지는 것이다.

별로 가진 게 없어도 얼마든지 나눌 수 있다. 물질적인 소유뿐 아니라 지식이나 경험도 나눌 수 있다.

진정한 부자는 '배부른' 사람이 아니라 '베푸는' 사람이다. 함께 나눌 수 있기에 진정으로 행복한 것이다.

나도 타인과 더불어 나누며 살아가는 '행복한 부자'로 늙고 싶다.

*

세상과 인생을 사랑하는 것,
고통 속에서도 사랑을 잃지 않는 것, 감사하는 마음으로 햇빛을 마주하는 것, 슬픔 가운데서도 미소를 잊지 않는 것, 진정한 시학에 담긴 이러한 가르침은 결코 퇴색되지 않는다.

Die Welt und das Leben zu lieben, auch unter Qualen zu lieben, jedem Sonnenstrahl dankbar offenstehen und auch im Leid das Lächeln nicht ganz zu verlernen - diese Lehre jeder echten Dichtung veraltet nie.

*

고통 속에서도
사랑을 잃지 마라

나를 사랑하고 내 인생을 사랑하는 것, 내 곁에 있는 사람들을 사랑하는 것, 내게 주어진 모든 일에 감사하는 것, 그리고 슬픔 가운데서도 미소를 잃지 않는 것, 모두 아름답고 소중한 일이다.

그대의 얼굴이 감사와 사랑으로 환히 빛나게 하라. 모든 걸 진심으로 감사하고 사랑하는 것, 그것이 진정한 삶의 예술이다.

*

그대가 내딛는 발걸음, 그대가 맞이하는 죽음을
후회하지 마라.

Schritte, die man getan hat, und Tode, die man gestorben ist, soll
man nicht bereuen.

*

H Hesse

그대가 내딛는 발걸음을 후회하지 마라

인간은 '후회하는 동물'이다. 하지만 후회는 하더라도 후회에 매몰되어서는 안 된다.

이미 엎지른 물은 주워 담지 못하고, 이미 저지른 일은 되돌리지 못한다. 지나온 세월을 후회한들 내 인생이 달라지지 않는다.

그대가 내딛은 발걸음을 후회하지 마라. 그것이 그대가 살아온 인생이다. 그대가 맞이하는 죽음을 후회하지 마라. 그것이 그대 인생의 마지막 종착역이다.

'후회하지 않을' 인생, 그것이 그대가 살아가야 할 인생이다.

*

오래 살아남으려면 섬겨야 한다.
지배하려는 욕망은 오래 살아남지 못한다.

Was lange leben will, muss dienen. Was aber herrschen will, das lebt nicht lange.

*

H Hesse

오래 살아남으려면 섬겨야 한다

'권력은 부패하기 쉽다. 절대권력은 절대 부패한다.' 19세기 영국의 정치가인 존 액튼 경이 성공회 주교에게 보낸 편지에 적혀 있는 글이다.

권좌에 앉으려고 하지 마라. 언젠가는 그 자리에서 쫓겨날지 모른다. 높은 자리에 오르려고 하지 마라. 언젠가는 그 자리가 가시방석이 될지도 모른다.

부모를 섬기고 스승을 섬기고 웃어른을 섬겨라. 그러면 지금 그대가 있는 자리가 그대의 낙원이 될 것이다.

*

우리는 자신의 시간에 가까워질수록
영원(永遠)에 더 가까워진다.

Je näher man seiner Zeit ist, desto näher ist man auch der Ewigkeit.

*

H. Hesse

자신의 시간에 가까워질수록 영원에 더 가까워진다

<벤자민 버튼의 시간은 거꾸로 간다>는 스콧 피츠제럴드의 소설 <벤저민 버튼의 기이한 사건>을 바탕으로 만들어진 영화다. 70세의 외모를 지니고 태어난 벤자민 버튼은 부모에게 버려져 양로원에서 노인들과 함께 지낸다. 그는 시간이 지날수록 점점 더 젊어지다가 마지막에는 태아(胎兒)로 생을 마감한다.

니체는 <자라투스트라는 이렇게 말했다>에서 영원회귀(永遠回歸)를 주장했다. 원형(圓形)의 틀 안에서 시간도 영원히 흐르고, 인생도 영원히 되풀이된다는 것이다.

우리에게 주어진 시간은 사람마다 각기 다르다. 그리고 내게 주어진 시간이 바로 내 인생이다.

점과 점을 이으면 선이 되고, 순간과 순간을 이으면 영원이 된다. 영원히 살 것처럼 꿈을 꾸고, 내일 죽을 것처럼 오늘을 살아라. 후회 없는 그대 인생을 위해서 말이다.

*

사람들은 어떻게 살아야 할지 모르기 때문에
죽음을 두려워한다.

Die meisten Menschen haben Angst vor dem Tod, weil sie nicht
wissen, wie sie leben sollen.

*

H. Hesse

우리는 삶을 모르기 때문에 죽음을 두려워한다

인생은 '이중주(二重奏)'다. 삶과 죽음이라는 두 개의 악기로 치열하게 연주하는 곡이다.

죽음은 그대가 두려워해야 할 그 무엇이 아니라 그대가 받아들여야 할 그 무엇이다. 죽음을 두려워하지 마라. 그러면 삶도 전혀 두렵지 않다.

'나는 아무것도 바라지 않는다. 나는 아무것도 두렵지 않다. 나는 자유다.' 그리스 작가 니코스 카잔차키스의 묘비명이다.

*

내게는 죽음에 맞서 싸울 무기가 필요하지 않다.
죽음은 존재하지 않고, 죽음에 대한 불안만이
존재한다. 그건 치유될 수 있다.

Gegen den Tod brauche ich keine Waffe, weil es keinen Tod gibt.
Es gibt aber eines: Angst vor dem Tode; die kann man heilen.

*

H. Hesse

죽음은 존재하지 않고,
죽음에 대한 불안만이 존재한다

불안은 영혼을 잠식한다. 죽음에 대한 불안이 삶을 질식시킨다.

죽음이 최악이라고 생각하지 마라. 삶을 제대로 살지 못하는 게 최악이고, 삶의 이유와 의미를 찾지 못하는 게 최악이다.

미국 32대 대통령의 부인 엘리너 루스벨트는 말했다. "오늘은 지금까지 살아온 날 가운데 가장 나이 든 날이지만, 앞으로 살아갈 날 가운데 가장 젊은 날이다."

그렇다. 오늘이 내 인생의 가장 젊은 날이다. 그리고 앞으로도 날마다 가장 젊은 날을 살아갈 것이다.

*

불멸이라고? 난 그따위엔 전혀 관심 없다.
우리는 아름답게 죽기만을 원할 뿐이다.

Unsterblichkeit? Keinen Rappen gebe ich darum! Wir wollen hübsch sterblich bleiben!

*

우리는 아름답게 죽기만을 원할 뿐이다

죽음은 삶의 부정이 아니다. 삶의 소중한 일부이고, 순리적인 자연현상이다.

죽음만큼 확실한 것도 없다. 그런데도 사람들은 죽음을 제대로 준비하지 않는다. 애써 죽음을 멀리하고 피하려고만 한다. 하지만 죽음은 누구도 피할 수 없다.

죽음을 두려워하지 마라. 지금 이 순간을 마음껏 즐겨라.

"우리 앞에 놓인 운명에서 죽음을 부정하는 건 삶을 반만 사는 것이다." 독일의 철학자 하이데거가 한 말이다.

*

새로 태어나려는 자는
죽음을 마다하지 않아야 한다.

Wer Neugeburt will, muss zum Sterben bereit sein.

*

H Hesse

죽음을 마다하지 않아야
새롭게 태어날 수 있다

암을 극복한 사람들이 하는 말이 있다. "욕심이나 두려움을 내려놓고 현재를 즐기세요."

삶에 대해 집착한다고 암이 치유되는 건 아니다. 죽음에 대한 두려움을 극복해야 한다. 그리고 자신에게 주어진 삶에 감사하는 것이다.

"언제든 죽을 준비가 되어 있는 사람만이 참된 자유인이다. 죽음의 유혹에서 벗어난 사람은 그 누구도 그를 노예로 만들 수 없고, 그 무엇도 그를 결박하지 못한다." 고대 그리스 철학자 디오게네스가 한 말이다.

*

모든 기원(起源)에는 우리를 지켜주고
우리가 살아갈 수 있게 해주는 마법이 깃들어 있다.

Jedem Anfang wohnt ein Zauber inne, der uns beschützt und der uns hilft, zu leben.

*

H. Hesse

모든 기원에는
생존의 마법이 깃들어 있다

우주가 혼돈 속에서 처음 생겨날 때, 우주 만물의 질서와 조화도 함께 시작되었다.

모든 기원에는 생존을 가능하게 해주는 놀라운 마법이 깃들어 있다. 생명이 태동할 때도 그렇다. 태아는 엄마의 뱃 속에서 생명을 얻고 살아갈 영양분을 얻는다.

누구나 자신의 삶을 감당할 수 있는 힘을 지니고 태어난다. 그 힘을 믿으라. 그러면 날마다 인생의 마법을 경험하게 될 것이다.

*

우리를 향한 삶의 외침은
결코 사라지지 않을 것이다.

Des Lebens Ruf an uns wird niemals enden.

*

H Hesse

그대를 향한 삶의 외침에 귀를 기울여라

누구에게나 '소명(召命)'이 있다. 소명은 우리를 향한 삶의 외침이다. 마지막까지 그 외침에 귀를 기울여야 한다.

영원히 살 것처럼 꿈을 꾸고, 내일 죽을 것처럼 오늘을 살아라. 어제보다 나은 오늘을 꿈꾸었다면, 오늘보다 나은 내일을 꿈꾸지 못할 이유가 무엇이겠는가.

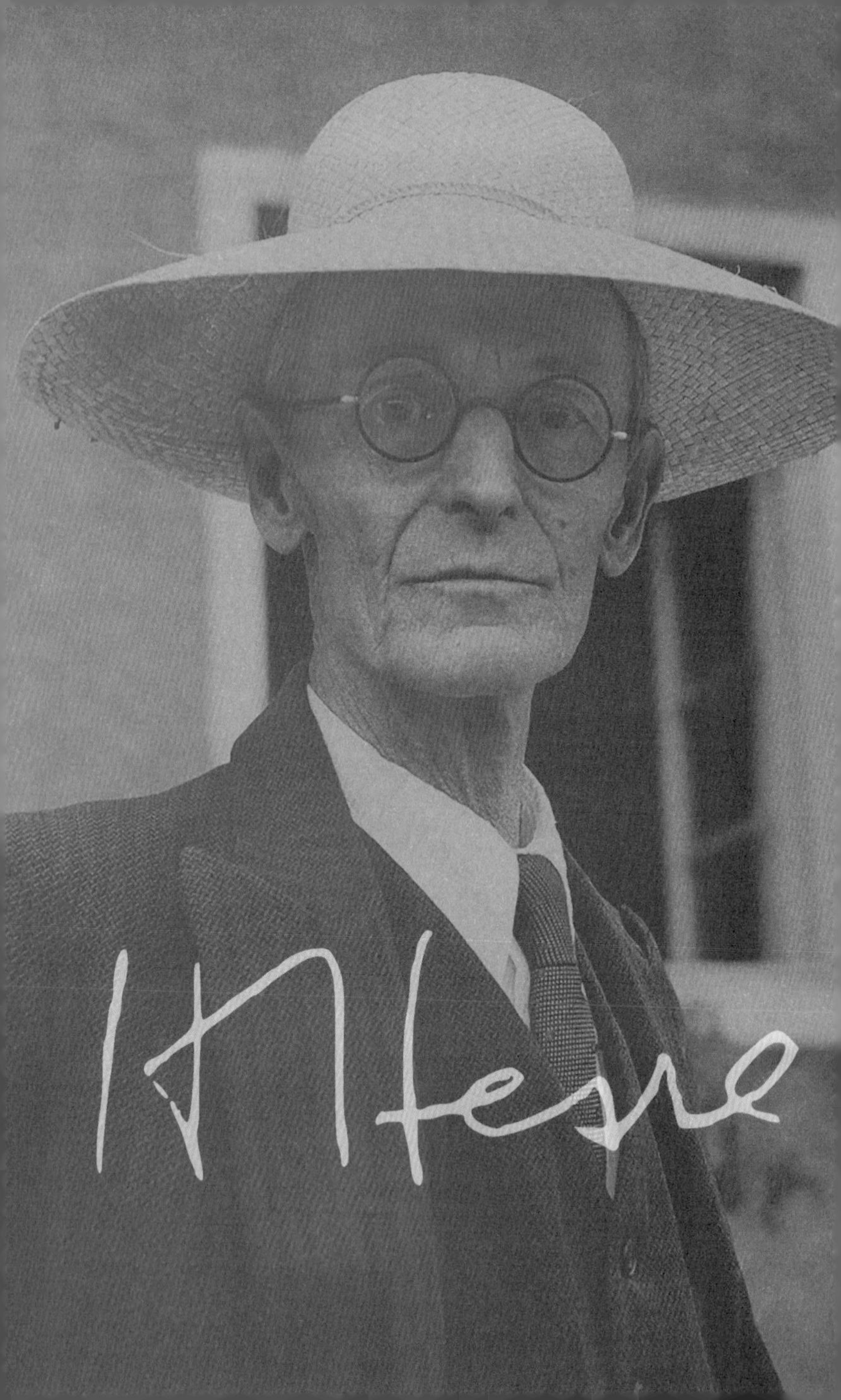
H Hesse

철학

변하는 건 만물이 아니라 그대 자신이다

*

칭찬은 나쁜 사람을 더 나쁘게 만들고,
좋은 사람을 견디기 힘들게 만든다.

Lob macht schlechte Menschen noch schlechter und gute unerträglich.

*

H Hesse

칭찬은 나쁜 사람을 더 나쁘게 만든다

최선을 다하지 않고 실패한 사람은 위로받을 자격이 없고, 최선을 다하지 않고 성공한 사람은 칭찬받을 자격이 없다.

귀에 듣기 좋은 칭찬은 일을 그르칠 수도, 나를 망하게 할 수도 있다. 그러니 섣불리 받아들여서는 안 된다. 옥석(玉石)을 가리듯이 칭찬도 가릴 줄 알아야 한다.

나에게 아부하기 위해 하는 칭찬은 칭찬이 아니라 저주다. 악한 사람에게서 칭찬을 받는 건 그 자체로 악이 될 수 있다.

'나에게 아첨하는 사람이 나의 적이다.' <순자(荀子)>에 나오는 말이다.

*

돈과 권력은 불신(不信)의 산물이다.

Geld und Macht sind Erfindungen des Mißtrauens.

*

H Hesse

돈과 권력은 불신의 산물이다

인간은 움켜쥔 손을 쉽게 펴지 못한다. 자신이 가진 걸 잃을까 두려워하기 때문이다. 상실에 대한 불안과 두려움이 인간을 자신의 소유물에 더욱 집착하게 만든다.

높은 산에 오르면 오를수록 내려오기가 힘들다. 돈과 권력도 쌓으면 쌓을수록 내려놓기가 힘들다.

재물과 권력보다 사람에 대한 믿음이 우선이다. '사람 나고 돈 났지 돈 나고 사람 난 건 아니다.'

*

만물이 변하는 게 아니라
우리 자신이 변하는 것이다.

Die Dinge verändern sich nicht. Wir ändern uns.

*

H Hesse

변하는 건 만물이 아니라
그대 자신이다

<논어>의 '위정편(爲政篇)'에는 '온고지신(溫故知新)'이라는 말이 나온다. 옛것을 익히고 그것을 미루어 새것을 안다는 뜻이다.

<주역(周易)>에는 '궁즉변 변즉통 통즉구(窮卽變 變卽通 通卽久)'라는 글귀가 있다. '궁하면 변하도록 해라. 변하면 통할 것이다. 통하면 영원히 이어질 것이다.'라는 뜻이다.

그렇다, 내가 변해야 산다. 젊은 세대도 변하고 기성세대도 변해야 한다. 내가 변하면, 모든 게 변한다. 단 하나 변하지 않는 게 있다면, '모든 것은 변한다'는 단순한 진리가 아닐까.

*

우리는 교육이 아니라 본성을 따름으로써 비로소
어린아이가 되고, 세상과 놀이를 즐길 수 있게 된다.

Sobald der Mensch seiner Natur folgt und nicht seiner Bildung,
so wird er Kind und beginnt mit den Dingen zu spielen.

*

H Hesse

본성을 따라야
세상과 놀이를 즐길 수 있다

독일의 철학자 니체는 인간의 정신이 낙타에서 사자로, 사자에서 어린아이로 성장한다고 말한다.

어린아이는 순결하고 순수한 상태다. 나이가 들어서도 그 순진무구함이 변색되지 말아야 한다.

인생은 '놀이터'다. 어른이 되어서도 '제대로' 놀 줄 알아야 한다. 그렇지 않으면 '놀이'가 '노름'으로 변할지 모른다. 모두를 위한 건전한 놀이터가 필요한 이유다.

밑그림을 잘 그려야 큰 그림을 그릴 수 있듯이 마음 바탕이 깨끗해야 아름다운 놀이를 즐길 수 있다. 바탕이 고와야 인생도 곱다.

*

실천은 숙고의 결과여야 한다. 그 반대일 수는 없다.

Die Praxis sollte das Ergebnis des Nachdenkens sein, nicht umgekehrt.

*

H Hesse

실천은 숙고의 결과여야 한다

세상에는 말과 행동이 다른 사람이 너무 많다. 말보다 행동이 앞서는 사람도 있고, 말만 번지르르하게 하는 사람도 있다.

말을 할 때는 신중하게 해야 하고, 자신이 한 말에 대해서는 책임을 질 줄 알아야 한다. 책임을 질 수 없는 말은 삼가는 게 당연하다.

결정은 신중하게 하고, 행동은 신속하게 해야 한다. 결정을 신속하게 하고 행동을 신중하게 하는 사람은 어리석고 게으른 사람이다.

한 번 말하기 전에 두 번 듣고, 세 번 생각해야 한다. 그 반대여서는 안 된다.

*

언제라도 떠날 준비가 되어 있는 자만이
게으른 습관에서 벗어날 수 있다.

Nur wer bereit zu Aufbruch ist und Reise, mag lähmender
Gewöhnung sich entraffen.

*

언제라도 떠날 준비를 해야 게으름에서 벗어날 수 있다

일상이 반복되면, 타성에 젖기 쉽다. 한번 게을러지면, 게으름의 유혹에서 벗어나기 힘들다.

인생 여정은 짧다. 우리에게 주어진 단 한 번의 여정이다. 그 소중한 여정을 게으름 때문에 그르쳐서는 안 된다.

일상에 안주하지 마라. 자리를 박차고 일어나라. 날마다 새로운 출발선에 서라. 그리고 그대의 목적지를 향해 힘차게 달려나가라.

*

가슴이 없는 교육은 정신에 대해
무서운 죄를 짓는 것이다.

Bildung ohne Herz ist eine der schlimmsten Sünden gegen den Geist.

*

H Hesse

교육은 가슴이 뜨거워야 한다

머리로만 생각하고 가슴으로 느끼지 못하는 교육은 죽은 교육이나 마찬가지다. 우리 교육이 가슴은 없고 머리만 있는 '괴물'을 만들어내고 있는 건 아닌가.

먼저 가슴을 채워야 한다. 그리고 내면에 잠재해 있는 무한의 가능성을 끌어올려야 한다.

가슴은 언제나 뜨거워야 한다. 그래야 정신이 살아 숨 쉴 수 있다.

*

모든 지식이나 지식의 축적은 마침표가 아니라
물음표로 종결된다.

Alles Wissen und alles Vermehren unseres Wissens endet nicht
mit einem Schlußpunkt, sondern mit einem Fragezeichen.

*

H Hesse

지식은 마침표가 아니라 물음표로 종결되어야 한다

질문이 없으면 답도 없다. 당연히 고민도 성찰도 없다.

어리석은 질문이라도 해야 한다. 질문 자체가 의미를 만들어내는 일이다. 때로는 어리석은 질문을 통해 놀라운 깨달음을 얻기도 한다.

산파술(産婆術)은 고대 그리스의 철학가 소크라테스가 대화에서 사용한 교수법이다. 그는 지속적인 질문과 답변을 통해 올바른 지식을 얻을 수 있다고 믿었다. 질문이 지식이나 지혜를 얻는 데 도움을 주는 산파의 역할을 한다는 것이다.

인생의 답을 얻기 위해서는 끊임없이 질문을 던져야 한다. 그러니 질문하라, 그리고 또 질문하라.

*

지식은 전할 수 있지만, 지혜는 그렇지 않다.

Wissen kann man mitteilen, Weisheit aber nicht.

*

H.Hesse

지식은 전할 수 있지만,
지혜는 그렇지 않다

'아는 사람은 말하지 않고, 말하는 사람은 알지 못한다. 그러므로 성인은 말하지 않음으로써 가르침을 행한다.' <장자(莊子)>에 나오는 글이다. '입으로 말할 수 있는 도(道)는 진정한 도가 아니다.' 이 말은 노자(老子)의 <도덕경(道德經)>에 나온다.

'염화시중(拈華示衆)'은 영산회(靈山會)에서 석가모니가 연꽃 한 송이를 들어 보이자 마하가섭만이 그 뜻을 깨닫고 미소지었다는 데서 유래한다.

절대적인 진리는 입에 담기 어렵다. 말의 영역과 진리의 영역은 다르다. 입 밖으로 나오는 순간, 본연의 의미는 사라진다. 그리고 말로 정의되고 개진된 진실만 남게 된다.

최고의 소통은 '이심전심(以心傳心)'이다. 마음과 마음으로 서로 뜻이 통하면, 무슨 말이 더 필요하겠는가.

*

지식이 없어도 지혜로울 수 있다.

Man kann ohne alle Wissenschaft sehr klug sein.

*

H Hesse

지식이 없어도
지혜로울 수 있다

때로는 지식이 사고를 억압하고 구속하는 틀이 된다. 낯선 것에 대해 눈을 감게 만들기도 한다.

지혜로운 사람은 세상을 보는 눈이 열려 있다. 그리고 열린 마음으로 세상을 품는다.

내가 보는 게 다가 아니고, 내가 아는 게 다가 아니다. 그걸 깨닫는 사람이 지혜로운 사람이다.

지식은 결코 완성될 수 없지만, 지혜는 그 자체로 온전하다.

*

지혜는 말해줄 수 없다.
지혜를 말해주려고 하면, 언제나 어리석게 들린다.

Weisheit ist nicht mitteilbar. Weisheit, welche ein Weiser
mitzuteilen versucht, klingt immer wie Narrheit.

*

H Hesse

지혜는
말해줄 수 없다

지식을 말하기는 쉽지만, 지혜를 말하기는 어렵다. 때로는 지식을 버려야 지혜가 생겨나기도 한다.

'행간을 읽다(read between the lines)'라는 말이 있다. 글에 숨겨져 있는 의미를 알아낸다는 뜻이다. '문맥을 파악하다(grasp the context)'는 앞뒤로 연결된 글의 맥락을 이해한다는 뜻이다.

인생에는 정답이 존재하지 않는다. 누구에게나 자신만의 답이 존재할 뿐이다. 그걸 알아내는 게 지혜다.

*

책이 없는 집은 가난하다.
아무리 멋진 양탄자를 바닥에 깔고, 값비싼 벽지와
그림으로 벽을 덮는다 해도 마찬가지다.

Ein Haus ohne Bücher ist arm, auch wenn schöne Teppiche seinen Böden und kostbare Tapeten und Bilder die Wände bedecken.

*

H. Hesse

책이 없는 집은
가난하다

책이 없는 집은 속 빈 강정이나 다름없다. 집을 멋지게 꾸며 놓아도 책이 없으면 마음이 공허해진다.

책이 없는 집은 가난하다. 돈이 없어서가 아니라 마음이 없기 때문이다. 책은 장식이 아니라 마음의 양식이다.

사람이 책을 만들고, 책이 사람을 만든다. 그리고 그 사람이 다시금 아름다운 세상을 만든다.

*

인기는 눈사태와 같다.
바닥으로 떨어질 때 가장 극심한 충격을 느낀다.

Mit der Berühmtheit ist es wie mit einer Lawine, die bekommt
der am heftigsten zu spüren, der druntergerät.

*

인기는
눈사태와 같다

|

인기는 눈사태와 같다. 눈사태가 나면, 한순간에 눈에 파묻혀 나 자신을 잃을 수도 있다.

인기를 얻으려고 애쓰지 마라. 뜬구름을 잡으려고 하지 마라. 더 높이 오르려고 하지 마라. 높이 오르면 오를수록 내려오기가 힘들고 위험해진다.

지금 그대가 평화로운 인생길을 걷고 있다면, 그것으로 족하다.

*

인생의 참된 지혜는
인생이 허락한 걸 물리치지 않고,
인생이 금지한 걸 욕심내지 않는 것이다.

Wahre Lebenskunst: Nicht abzulehnen, was das Leben anbietet,
und nicht zu begehren, was es verwehrt.

*

H. Hesse

인생이 금지한 걸
욕심내지 마라

'신 포도 심리'라는 게 있다. 자신이 원하는 걸 얻을 수 없을 때, 원하는 대상을 부정하거나 비난함으로써 심리적 부조화를 줄이려는 것이다.

이와는 반대로 '단 레몬 심리'는 자신이 원하는 걸 얻게 되었을 때, 그 대상에 대해 과도한 애정이나 집착을 보인다. 자신이 가지고 있다는 이유만으로 시큼한 레몬도 세상에서 가장 달콤한 레몬으로 둔갑하는 것이다.

'신 포도 심리'와 '단 레몬 심리'는 동전의 양면이다. 신 포도 심리는 자신이 소유하지 못한 걸 부정하고, 단 레몬 심리는 자신이 소유한 걸 긍정하는 심리다. 둘 다 일종의 방어기제이고 자기합리화다.

인생의 참된 지혜는 자연을 거스르지 않는 것이다. 인생이 허락한 걸 물리치지 않고, 인생이 금지한 걸 욕심내지 않는 것이다. 그렇게 순리대로 살아가면 된다.

*

저항은 강하게 하고, 헌신은 부드럽게 하며,
긍정은 마법을 부린다.

Widerstand stärkt, Hingabe mildert, Bejahen ist Magie.

*

H Hesse

저항하고 헌신하고 긍정하라

저항하는 사람은 강한 힘을 지닌 사람이고, 헌신하는 사람은 부드러운 힘을 지닌 사람이다. 그리고 긍정하는 사람은 놀라운 힘을 지닌 사람이다.

저항할수록 힘이 강해지고, 헌신할수록 마음이 부드러워진다. 그리고 긍정할수록 놀라운 마법을 경험하게 된다.

긍정의 스위치를 켜면, '반밖에'라는 부정이 '반이나'라는 긍정으로 바뀐다. 긍정적인 사고는 긍정적인 행동으로 이어지고, 긍정적인 행동은 긍정적인 삶으로 이어진다.

긍정의 스위치를 켜라. 그리고 긍정의 힘을 믿어라. 믿으면 믿는 대로 될 것이다.

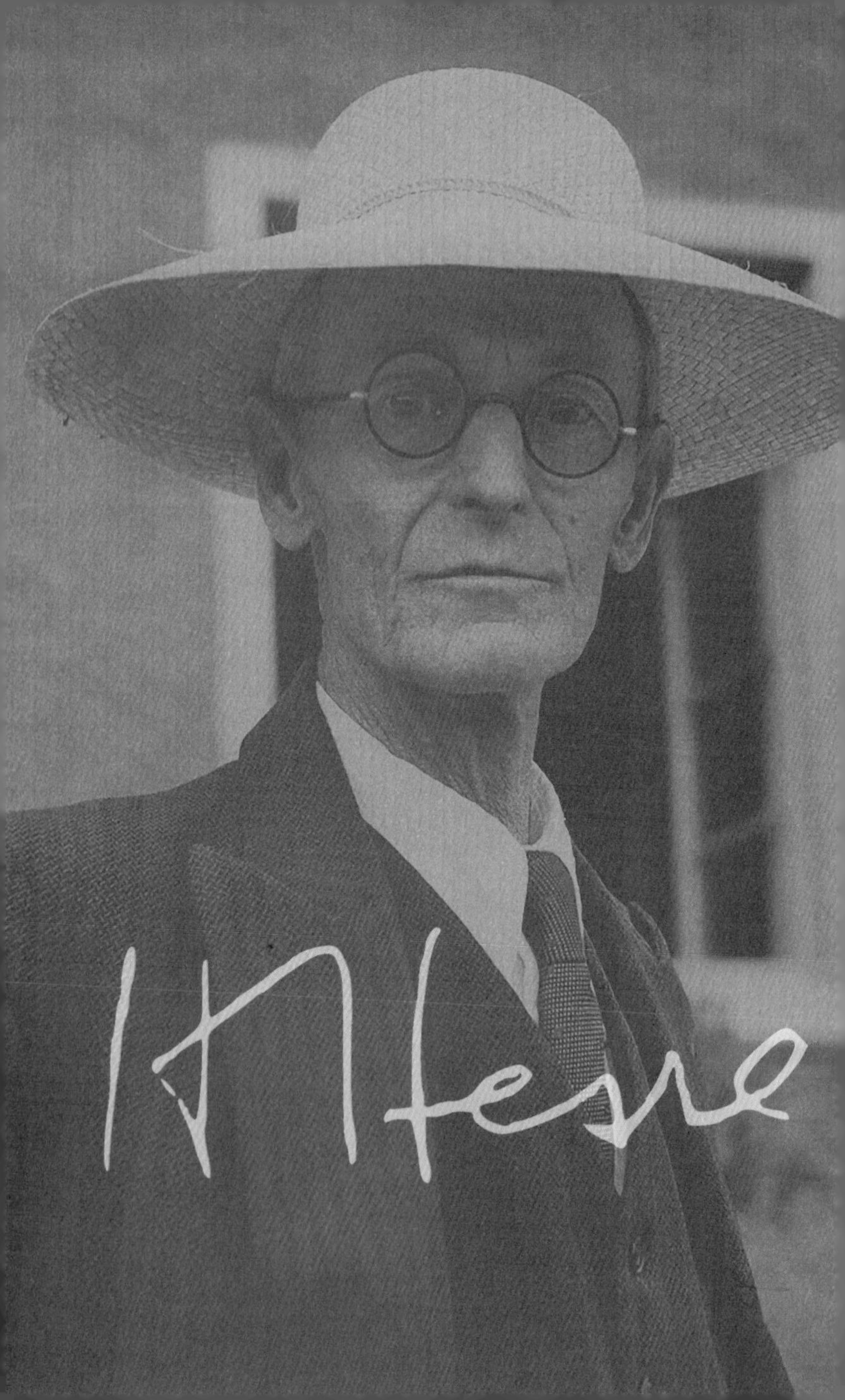
H Hesse

진리

혼돈은 긍정되고 체득된 뒤에야
비로소 새로운 질서로 편입된다

*

무언가를 입 밖으로 내면,
모든 게 조금은 달라지기 마련이다.

Es wird alles immer gleich ein wenig anders, wenn man es ausspricht.

*

H.Hesse

입 밖으로 내면, 모든 게 조금은 달라진다

'말이 입안에 있을 때는 너의 노예지만, 말이 입 밖에 나오면 너의 주인이 된다.'라는 유대 속담이 있다. "말이 있기에 사람이 짐승보다 낫다. 그러나 바르게 말하지 않으면, 짐승이 그대보다 나을 것이다." 페르시아의 위대한 문학가 사디가 한 말이다.

말은 뜻이 통해야 한다. 맞는 말이다. 그런데 뜻이 통하기가 쉽지는 않다. 같은 말을 하는데도 서로 달리 말하고 달리 듣는다. 자기가 말하고 싶은 대로 말하고, 듣고 싶은 대로 듣기 때문이다.

말은 그 뜻이 상대방에게 온전히 전달되는 게 중요하다. 과장되거나 왜곡되거나 거짓되지 않아야 한다. 한 마디로, 진정성이 있어야 한다.

말은 입 밖으로 나오는 순간, 그 진정성이 의심받기 쉽다. 그러니 조심해야 한다. 조심하고 또 조심해야 한다.

*

교리적인 교과서에는
모든 인간이 같다고 쓰여 있다.
하지만 실제 삶에서는 그렇지 않다.

Im Lehrbuch der Dogmatik ist freilich ein Mensch wie der andere, im Leben aber nicht.

*

H Hesse

교리적인 교과서에는
모든 인간이 같다고 쓰여 있다

'인간은 다른 인간에게 늑대다(Homo homini lupus est).' 영국의 철학자 토마스 홉스가 집필한 <시민론>의 서두에 나오는 대목이다. 이 대목이 '인간은 다른 인간에게 신(神)이다(Homo homini deus est).'로 바뀔 수만 있다면 얼마나 좋을까. 그러면 우리가 사는 세상이 갑과 을이 사는 세상이 아니라 아름다운 사람들이 사는 세상이 될 것이다.

무지개가 아름다운 건 여러 색이 자신의 고유한 빛깔을 유지한 채로 함께 어우러지기 때문이다. 차이가 차별을 정당화해서도 안 되고 정당화할 수도 없다. 다름은 인정되고 존중되어야 한다.

나와 '다름'을 '틀림'으로 받아들이지 마라. 인생은 차별하는 게 아니라 차이를 만들어내는 것이다.

*

자기 스스로 체험하지 못한 건
다른 사람에게서도 보거나 이해할 수 없다.

Kein Mensch kann das beim Andern sehen und verstehen, was
er nicht selbst erlebt hat.

*

H Hesse

내가 체험하지 못하면,
다른 사람을 이해할 수 없다

'역지사지(易地思之)'는 처지를 바꾸어 생각해본다는 뜻이다.

영어로는 'walk (a mile) in someone's shoes'라고 한다. '다른 사람의 신발을 신고 걸어보라.'는 뜻이다. 신발이 크거나 작을 수도 있고, 너무 낡아 신기조차 힘들 수도 있다.

사람과 사람 사이의 공감, 그건 서로 신발을 바꿔 신고 함께 걸어가는 것이 아닐까.

*

깊이는 명료함과 명랑함 속에 있다.

Die Tiefe ist im Klaren und Heiteren.

*

H Hesse

깊이는 명료함과 명랑함 속에 있다

생각이 깊은 사람은 얄팍한 지식을 자랑하지 않는다. 깊은 사색과 명상에는 명료함과 명랑함, 그리고 고요함과 평화로움이 배어 있다.

바다는 공허한 게 아니라 충만한 것이다. 그 충만함 가운데 생명이 살아 숨 쉬고 있다.

진리는 음침하거나 암울하지 않다. 오히려 밝고 또렷하고 발랄하다. 우리 정신이 맑은 것과 같은 이치다.

*

노는 아이의 영혼처럼 놀랍고 경이로운 건 없다.
하지만 그 영혼은 우리에게서 점점 더 낯설어지고
아득하게 멀어져 간다.

Es gibt nichts Wunderbareres und Unbegreiflicheres und nichts,
was uns fremder wird und gründlicher verloren geht als die
Seele des spielenden Kindes.

*

H Hesse

노는 아이의 영혼처럼
놀랍고 경이로운 건 없다

우리는 아이들의 소꿉놀이에서 인생을 배운다. 아이들은 놀이터에서 마음껏 뛰놀며 자유와 행복을 만끽한다. 해맑은 미소와 순수한 영혼으로.

아이들의 세계는 어른들의 유토피아다. 모두가 돌아가고 싶은, 하지만 결코 돌아갈 수 없는.

*

모든 인간은 몸이 하나다.
하지만 영혼은 결코 하나가 아니다.

Als Körper ist jeder Mensch eins, als Seele nie.

*

H Hesse

몸은 하나지만,
영혼은 하나가 아니다

우리 몸은 시간과 공간의 제약을 받는다. 그래서 유한하고 불안전하다. 반면에 영혼은 시공을 뛰어넘는다. 물질적인 구속에서도 자유롭다.

몸은 하나로 존재하지만, 영혼은 하나로 규정될 수 없다. 단지 하나로 인식될 뿐이다.

영혼은 볼 수도 만질 수도 느낄 수도 없다. 어쩌면 영혼은 불가사의(不可思議) 그 자체인지도 모른다.

*

믿음은 알려고 하는 게 아니라 그냥 믿는 것이다.

Glauben ist Vertrauen, nicht Wissenwollen.

*

H. Hesse

믿음은 알려고 하는 게 아니라 그냥 믿는 것이다

과학과 신앙은 일치하기 힘들다. 과학은 인식의 영역이고, 신앙은 믿음의 영역이기 때문이다. 진실은 알려고 할수록 믿기가 어렵고, 믿으려고 할수록 알기가 어렵다.

과학의 발전은 회의(懷疑), 즉 의구심을 품는 데서 시작한다. 낯선 것에 대한 호기심과 더불어 의구심을 가져야 진리의 근원으로 나아갈 수 있다.

우리의 지식이 믿음과 일치할 수 있는 '앎'이라면, 그보다 더 온전한 '앎'이 어디 있겠는가.

*

나는 종교 없이 산 적도 없고,
종교 없이 살 수도 없다.
하지만 나는 평생 교회 없이 살아왔다.

Ich habe nie ohne Religion gelebt, und könnte keinen Tag ohne sie leben, aber ich bin mein Leben lang ohne Kirche ausgekommen.

*

H Hesse

나는 평생 교회 없이 살아왔다

헤세는 끊임없이 신의 존재와 진정한 믿음을 추구한 인물이다. 그는 현존하는 교회를 세속화되고 권력화된 제도라고 보았다. 그래서 신의 섭리를 교회 밖에서 찾기 위해 애썼다.

중요한 건 형식보다 내용이다. 내용이 없는 형식은 쓸모가 없다. 무엇보다 내용이 충실해야 한다. 겉만 번지르르하고 안에 아무것도 들어 있지 않다면, 그건 위선이고 기만일 뿐이다. 우리가 추구하는 가치는 겉모습이 아니라 내면의 진실이어야 한다.

믿음도 그렇다. 중요한 건 형식이 아니라 본질이다. 겉으로 보이는 게 다는 아니다. 그리고 겉으로 보이는 게 진리가 될 수는 없다.

*

자신을 부정하는 사람은 신을 긍정할 수 없다.

Wer zu sich selber nein sagt, kann nicht zu Gott ja sagen.

*

H Hesse

자신을 부정하는 사람은 신을 긍정할 수 없다

내가 존재하는 건 나를 낳아준 부모 덕분이다. 그러니 내가 나를 부정하면서 나를 낳아준 부모를 긍정할 수는 없다.

우리는 모두 우주 가운데 존재한다. 내가 나를 부정하면서 신을 긍정할 수는 없다.

누구에게나 자기긍정이 필요하다. 자기긍정은 자신의 가치를 올바로 인식하고 자신을 있는 그대로 수용하는 능력이다.

나를 긍정해야 다른 사람도 긍정할 수 있고, 우리네 인생도 긍정할 수 있다. 그리고 궁극적으로 신을 긍정할 수 있다.

*

세계사에서 이름을 남긴 위인들은
명상하는 법을 이해했거나 명상이 우리를 이끄는
길을 어렴풋하게나마 인지하고 있었다.

Die wirklich großen Männer der Weltgeschichte haben alle
entweder zu meditieren verstanden oder doch unbewusst den
Weg dorthin gekannt, wohin Meditation uns führt.

*

HHesse

고요히 눈을 감고 명상 속에 침잠하라

명상은 마음과 정신을 하나로 만들고, 내면의 평화와 균형을 찾는 행위다.

우리의 영혼은 명상을 통해 깨끗해진다. 진리 또한 더욱더 선명해진다. 깊고 진중한 사유(思惟)는 명상 속에서 길러진다.

명상 속에 깊이 침잠할 수만 있다면, 그대 마음은 한결 평온해지고 세상은 평화로워질 것이다.

*

최종적인 발견은 없다. 지금도 자연은 신비로운
비밀을 간직하고 있다.

Es gibt keine endgültigen Entdeckungen. Die Natur versteckt
immer noch Geheimnisse.

*

지금도 자연은 신비로운 비밀을 간직하고 있다

"우물 안의 개구리에게는 바다를 설명할 수 없다. 우물이라는 공간의 한계에 갇혀 있기 때문이다. 여름에만 살다 죽는 곤충에게는 얼음을 알려줄 수 없다. 시간의 제약을 받기 때문이다. 어설픈 전문가에게는 진정한 도(道)의 세계를 말해줄 수 없다. 자신의 지식에 갇혀 있기 때문이다." <장자(莊子)>에 나오는 내용이다.

우리말에 '바늘구멍으로 하늘 보기'라는 속담이 있다. 작은 바늘구멍으로 드넓은 하늘을 본다는 뜻이다.

거대한 우주는 암흑물질과 암흑에너지로 뒤덮여 있다. 하지만 암흑의 세계에 대해 우리가 아는 건 거의 없다. 우리의 지식으로는 가늠하기조차 힘들다.

우리 인간이 할 수 있는 건 우주와 자연의 신비로움에 매료되어 탄성을 내지르는 것뿐이다.

*

그대가 깨달은 진리를 실현하기 위해 노력하라.
진리의 실현은 다른 사람이 아니라
그대 자신에게 요구된 것이다.

Suche erkannte Wahrheiten zu verwirklichen. Nicht als Forderung an andere, sondern als Forderung an dich selbst.

*

H.Hesse

진리의 실현은
그대 자신에게 요구된 것이다

"참된 진리는 그것을 실천함으로써 비로소 진정한 가치를 얻게 된다." 고대 그리스의 철학자 소크라테스가 한 말이다. 참일 줄 알면서 행하지 않을 수는 없다는 것이다.

내가 깨달은 진리는 내가 실천해야 한다. 다른 사람이 아니라 바로 나 자신에게 요구되는 것이다.

자아실현은 나에게 주어진 실천적 의무를 다할 때 비로소 가능해진다.

*

진리는 가르치는 게 아니라 체득하는 것이다.

Die Wahrheit wird gelebt, nicht doziert.

*

H Hesse

진리는 가르치는 게 아니라 체득하는 것이다

인생의 진리는 가르칠 수 없다. 우리가 살아가면서 스스로 깨우쳐야 한다.

물고기 잡는 법이나 배 만드는 법을 가르치기에 앞서 드넓은 바다를 꿈꾸고 가슴속에 품을 수 있는 교육, 그런 교육이 참된 교육이 아닐까 싶다.

*

진리의 반대 또한 진리다.

Von jeder Wahrheit ist das Gegenteil ebenso wahr.

*

H. Hesse

진리의 반대 또한
진리다

남극과 북극은 정반대에 위치해 있다. 하지만 그 성질은 같다. 진리 또한 어느 곳에 있든 한결같고 영원하다.

진리는 그 자체로 진리다. 대립이나 갈등이 없는 절대 영역이다. 진리의 끝에는 언제나 진리가 있다.

*

진실이 언제나 아름다운 건 아니다. 하지만 거짓은
어떤 경우에도 아름답지 않다.

Die Wahrheit ist nicht immer schön, aber die Lüge ist nie schön.

*

진실이 언제나
아름다운 건 아니다

진실이 언제나 아름다운 건 아니지만, 자신이 아름답다고 거짓되게 말하지는 않는다.

거짓은 정당화될 수 없고, 정당화해서도 안 된다. 거짓이 있는 곳에 진실은 존재하지 않는다.

내가 나답기 위해서는 거짓의 가면을 벗고 진실에 한 발 다가서야 한다. 그리고 의연하게 진실을 마주해야 한다.

지금 그대에게는 진실을 마주할 용기가 있는가. 어쩌면 우리는 불편한 진실을 마주할 용기가 없어 거짓 프레임에 갇혀 사는 건지도 모른다.

*

참되고 선한 건 시류(時流)에 따른 적이 없는데도
여전히 살아 숨 쉬고 있다.

Das Echte, Gute ist nie Mode gewesen, aber es lebt.

*

H. Hesse

참되고 선한 건
여전히 살아 숨 쉬고 있다

시대정신은 그 시대에 요구되는 사회적인 가치 규범이자 도덕 규범이다. 한때 반짝이다가 이내 사라지는 유행이 아니라 영속적인 가치를 지닌 시대의 절대 명제다.

우리는 시류의 영향을 받으며 살아간다. 시류에 편승하거나 영합한다. 하지만 진정한 시대정신은 변하지 않는다. '그때는 맞고 지금은 틀리는' 게 아니라 '그때도 맞고, 지금도 맞는' 것이다. 그렇기에 지금도 여전히 살아 숨 쉬고 있는 게 아닐까.

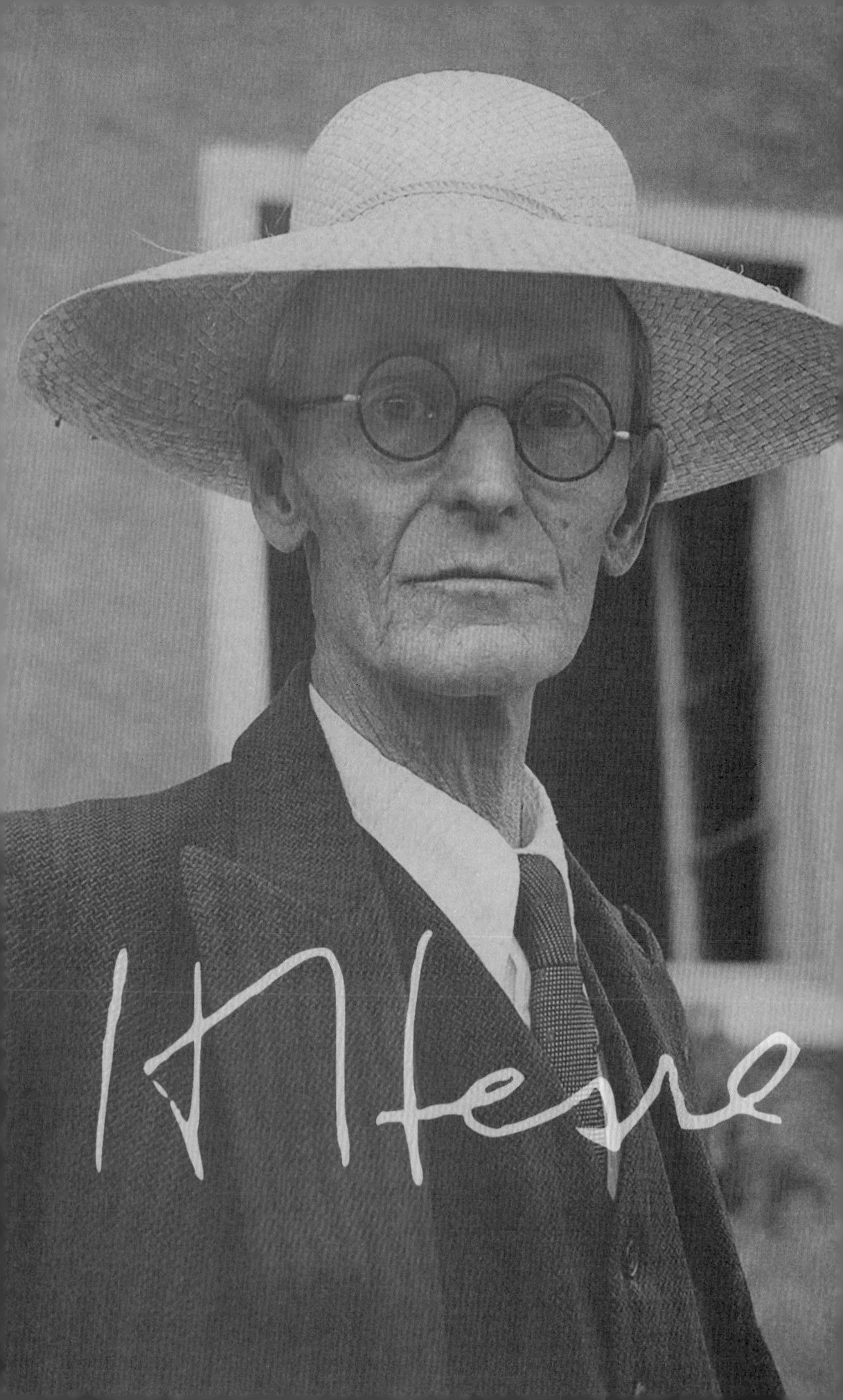
H Hesse

9장

자아

나에게로 이르는 길

*

우리가 누군가를 미워한다면,
그건 그의 상(象)에서 우리 자신에 내재하는
무언가를 미워하기 때문이다.
내면에 존재하지 않는 건 감정을 자극하지 않는다.

Wenn wir einen Menschen hassen, so hassen wir in seinem Bild etwas, was in uns selber sitzt. Was nicht in uns selber ist, das regt uns nicht auf.

*

내면에 존재하지 않는 건 감정을 자극하지 않는다

동물은 태어나자마자 처음 본 대상에 대해 본능적으로 애착을 갖는다. 거위가 처음 본 대상을 엄마 거위로 착각하고 따라다니는 것이 대표적이다. 한번 각인되면 쉽게 잊히거나 사라지지 않는다.

'미워하면서 닮는다.'라는 말이 있다. 모든 인간관계는 상호적이다. 의식적이든 무의식적이든 상대방의 사고와 행동을 모방한다. 서로가 서로에게 영향을 주고받는 것이다.

내가 누군가를 미워하는 건 그 미움의 대상이 바로 내 안에 있기 때문이다. 내가 모르는 사람을 미워할 수는 없다. 내가 모르는 걸 싫어할 수도 없다. 모든 건 내 안에 있다.

지금 내가 누군가를 미워하고 있다면, 먼저 나 자신을 들여다보아야 한다. 그리고 미움의 대상이 바로 나 자신이 아닌지 살펴보아야 한다.

*

온전한 가르침을 바라지 말고,
그대 자신이 온전해지기를 바라라.

Du sollst dich nicht nach einer vollkommenen Lehre sehnen,
sondern nach Vervollkommnung deiner selbst.

*

H Hesse

그대 자신이 온전해지기를 바라라

어디에도 온전한 교리는 존재하지 않는다. 모든 교리는 인간의 논리와 열망, 환상으로 만들어진 것뿐이다.

모든 게 완벽해지기를 바라지 마라. 그대 자신도 완벽해지기를 바라지 마라. 그대 존재의 뿌리로 돌아가라. 근본으로 돌아가라. '본디'의 모습으로 돌아가라. 그것이 온전함에 이르는 길이다.

그 길에서 우리는 '완벽한 나'가 아닌, '온전한 나'를 만날 수 있다.

*

자신에게 충실한 사람은
언제나 올바른 길을 찾게 된다.

Wer sich selbst treu bleibt, wird immer den richtigen Weg finden.

*

H.Hesse

그대 자신에게 충실해야
올바른 길을 찾을 수 있다

산을 오르는 데는 두 가지 철학이 있다. 하나는 '등정주의(登頂主義/peak hunting)'이고, 다른 하나는 '등로주의(登路主義/route finding)'다.

등정주의는 수단과 방법을 가리지 않고 정상에 오르는 걸 목표로 삼는다. 한마디로 결과 중심주의다. 반면에 등로주의는 결과가 아닌 과정에 가치와 의미를 부여한다. 남이 가지 않은 길, 아무도 밟지 않은 길, 미지의 세계에 대한 도전이다.

패키지여행은 가이드가 '가라는 대로' 가야 하지만, 배낭여행은 내가 '가고 싶은 대로' 갈 수 있다. 인생은 남이 가라는 대로 가는 게 아니라 내가 가고 싶은 대로 가는 것이다. 내가 가는 길이 내 인생길이어야 한다.

자신에게 충실하고 진심인 사람, 언제나 변함없이 자신을 신뢰하는 사람이 결국에는 자신의 길을 찾아내기 마련이다.

*

남이 아니라 자신에게 냉정해야 한다.

Unduldsam sollte man nur gegen sich selber sein, nicht gegen andere.

*

H Hesse

누구보다 자신에게
냉정해야 한다

'춘풍추상(春風秋霜)', '남을 대할 때는 봄바람처럼 부드럽게 대하고, 자신을 대할 때는 가을 서리처럼 엄격하게 대하라.'는 말이다.

그런데 실제로는 그렇지 않다. 자신에게는 한없이 너그럽고, 남에게는 지극히 냉정하다. 잘못을 저질러도 자신을 탓하지 않고 남을 탓한다. 나쁜 건 남 탓이고, 좋은 건 내 덕이다.

먼저 나 자신을 냉정하게 바라보아야 한다. 내가 나에게 냉정해질 때, 비로소 다른 사람에게 따뜻하게 다가갈 수 있다.

*

세상은 나아지기 위해 존재하는 게 아니다.
그대들도 나아지기 위해 존재하는 게 아니라
그대 자신이 되기 위해 존재하는 것이다.

Die Welt ist nicht da, um verbessert zu werden. Auch ihr seid nicht da, um verbessert zu werden. Ihr seid aber da, um ihr selbst zu sein.

*

H Hesse

세상도 그대도 나아지기 위해 존재하는 게 아니다

우리말에 '뱁새가 황새 따라가다 가랑이가 찢어진다.'라는 속담이 있다. 뱁새의 다리가 길면 더는 뱁새가 아니고, 황새의 다리가 짧으면 더는 황새가 아니다. 있는 그대로의 나를 사랑하면 된다. 뱁새에게는 뱁새 걸음이 제격이다.

인생은 나를 찾아 떠나는 여행이다. 나를 온전하게 바라보고, 나에게 더 충실해야 한다. 그러면 나는 내 인생에서 가장 특별한 존재가 되고, 내 인생 또한 나에게 큰 의미로 다가온다.

나 자신을 온전하게 이해하고 신뢰하고 사랑할 수만 있다면, 무엇을 더 바라겠는가. 진정한 자아를 찾는 것, 그것이 그대에게 주어진 존재론적 소명이다.

*

우리는 자신의 내면에 이미 존재하는 것만을
인식할 수 있다.

Man kann nur erkennen, was man selbst schon in sich hat.

*

우리는 내면에 존재하는 것만을 인식할 수 있다

본유관념(本有觀念)은 태어나면서부터 지니게 되는 선천적 관념을 말한다.

우리가 지각하고 기억하고 상상하고 판단하는 모든 의식 행위의 바탕은 이미 태어날 때부터 우리 내면에 존재한다. 그리고 살아가면서 수많은 경험을 통해 다시금 재현되고 확인되는 것이다.

본유관념은 뿌리다. 우리는 태어나면서 뿌리를 얻고, 살아가면서 줄기를 키우고, 마침내 열매를 맺는 것이다.

*

우리의 감정만이 우리를 움직인다.

Unsere Gefühle sind das Einzige, was uns bewegt.

*

H. Hesse

우리의 감정만이
우리를 움직인다

“사람을 만드는 게 이성이라면, 사람을 이끄는 건 감성이다 (Si c'est la raison qui fait l'homme, c'est le sentiment qui le conduit).” 프랑스의 사상가 장 자크 루소가 한 말이다.

누구라도 기쁠 때는 웃고, 슬플 때는 울어야 한다. 웃는다고 경박한 게 아니고, 운다고 궁상맞은 게 아니다. 자신의 감정에 솔직해야 다른 사람의 감정을 온전히 받아들일 수 있다.

나는 감정이 메마른 사람보다 감정이 풍부한 사람이 좋다. 감정을 감추는 사람보다 감정을 드러내는 사람이 좋다.

그대 감정에 충실하라. 감정에 충실한 사람이 인생에 충실한 사람이다.

*

인간은 자신이 가질 걸 보지 못하고,
그런 사실도 알지 못한다.

Was man besitzt, das sieht man nicht und davon weiß man kaum.

*

H. Hesse

인간은 자신이 가진 걸 보지 못한다

내 집 잔디보다 남의 집 잔디가 더 푸른 게 아니다. 그냥 그렇게 보이는 것뿐이다. 아니, 우리가 그렇게 보려고 하는 것뿐이다.

내게 소중한 건 남의 손에 있는 떡이 아니라 내 손에 있는 떡이다. 남의 돈 천 냥이 아니라 내 돈 한 푼이 더 소중하다. 남의 집 금송아지가 아니라 내 집 송아지가 더 소중한 법이다.

우리는 늘 건강을 잃고 난 뒤에 후회하고, 행복을 잃고 난 뒤에 후회한다. 하지만 뒤늦게 후회한다고 달라지는 건 없다. 작은 행복도 소중하게 여기고 늘 감사해야 하는 이유다.

내가 갖지 못한 걸 부러워하지 마라. 그리고 내가 가진 걸 소중하게 여기고 무한히 감사하라.

*

내면에 짐승이 없다면, 거세된 천사일 뿐이다.

Ohne das Tier in uns sind wir kastrierte Engel.

*

H Hesse

내면에 짐승이 없다면,
거세된 천사일 뿐이다

미국의 인류학자 루스 베네딕트는 <국화와 칼>에서 일본인의 이중성을 간파했다. 한마디로 '탐미적이면서 폭력적'이라는 것이다. 평화를 상징하는 국화를 사랑하면서도 전쟁을 상징하는 칼을 숭배하는 이중성이다. 화사하게 피어 있는 국화꽃 속에 서슬 퍼런 일본도가 숨겨 있다는 말이다.

인간은 신성(神性)과 야수성(野獸性)을 동시에 지닌 존재다. 때로는 천사가 악마가 되기도 하고, 악마가 천사로 변하기도 한다.

어쩌면 우리는 두 얼굴을 지니고 있는지도 모른다. 그리고 자신이 보여주고 싶은 얼굴을 진짜 얼굴이라고 믿는 건지도 모른다. 아니, 신의 가면 뒤로 잔인한 야수성을 숨긴 채 거짓된 인생을 살아가고 있는 건 아닐까.

*

인간은 완전히 거룩하지도
완전히 추악하지도 않다.

Nie ist ein Mensch ganz heilig oder ganz sündig

*

H Hesse

인간은 완전히 거룩하지도 완전히 추악하지도 않다

인간의 내면에는 '선(善)'과 '악(惡)'이 공존한다. 사람에 따라 정도의 차이만 있을 뿐이다.

우리가 사는 세상은 경계가 모호한 회색지대다. 회색은 검은색과 흰색 사이에 존재한다. 이분법적 가치관으로는 이해하기 힘든 모순적인 세계다. 그 안에 많은 진실이 숨어 있다.

인간은 중간자(中間子)적 존재다. 완전히 선하지도 완전히 악하지도 않다. 그래서 인간은 로마 신화에 나오는 두 얼굴을 가진 야누스를 닮아 있는지도 모른다.

*

인간은 자기 자신과 하나되지 못하면,
두려움에 사로잡히게 된다.

Man hat nur Angst, wenn man mit sich selber nicht einig ist.

*

H Hesse

자신과 하나가 되어야
두려움에서 벗어날 수 있다

언제부터인가 'MBTI 검사'가 유행하고 있다.

젊은 세대가 MBTI에 열광하는 건 지금까지 자신에 대해 깊이 고민하고 성찰할 여유가 없었기 때문이다. 한마디로 자신을 너무 모르고 살아온 탓이다. 아니, 각박한 현실에서 누군가의 이해와 공감이 필요해서인지도 모른다.

자기수용(自己受容)은 나 자신을 가치 있는 존재로 인식하고 받아들이는 일이다.

나를 바로 알고 나를 사랑해야 한다. 그리고 나 자신과 온전히 하나가 되어야 한다. 그래야 갈등과 대립에서 벗어나 내면의 안정과 평화를 얻을 수 있다.

*

진정한 자아를 숨길 수 있는 가면은 없다.

Es gibt keine Maske, die das wahre Ich verbergen kann.

*

H Hesse

진정한 자아를 숨길 수 있는 가면은 없다

'페르소나(persona)'는 가면이나 배우, 역할, 배역, 등장인물 등을 뜻한다. 인간이나 천사, 신 등도 페르소나로 불린다. 연극에서는 배우가 쓰는 가면이 되기도 하고, 영화에서는 감독의 분신이 되기도 한다. 한마디로 페르소나는 '가면을 쓴 독립적인 인격체'라고 할 수 있다.

인터넷 세상에서는 수많은 누리꾼들이 익명의 가면 뒤에 숨어 살아가고 있다. "진실은 지혜롭고 분별력이 뛰어난 사람만이 찾아낼 수 있는 외딴곳에 숨어 있다." 스페인의 철학자 발타자르 그라시안이 한 말이다.

나를 숨기지 마라. 치장하지도 분장하지도 마라. 가면을 벗어던지고, 그대의 본모습을 있는 그대로 드러내라.

내가 나를 진심으로 사랑하고 신뢰한다면, 굳이 나를 숨길 이유가 무엇이겠는가.

*

바꿀 수 있고 바꾸어야 하는 건 우리 자신이다.

Was wir ändern können und sollen, das sind wir selber.

*

H Hesse

바꿀 수 있고 바꾸어야 하는 건
우리 자신이다

"사람들은 매일 날씨를 이야기하지만, 정작 날씨를 바꿔보려고 하는 사람은 아무도 없다." 미국의 소설가 마크 트웨인이 한 말이다.

20세기 여성 패션을 선도한 프랑스의 패션 디자이너 코코 샤넬은 이렇게 말했다. "내 삶이 만족스럽지 않았기 때문에 나는 스스로 내 삶을 창조했다."

나를 바꿀 수 있는 건 바로 나다. 어제보다 조금 더 일찍 일어나는 것, 하루에 한 번 더 미소짓는 것, 실패를 유익한 경험으로 받아들이는 것, 그리고 부정적인 생각을 긍정적인 생각으로 바꾸는 것, 모두 나를 성장시키는 힘이다.

헤세에 대하여

헤르만 헤세는 독일 남부의 작은 마을 칼프에서 태어났다. 아버지 요한네스 헤세는 개신교 목사였고, 어머니 마리 군데르트는 유서 깊은 신학자 집안 출신이었다

헤세의 부모 집은 동서양의 종교와 학문이 맞닿는 공간이었다. 그 덕분에 헤세는 동양, 특히 인도와 중국의 정신세계를 두루 경험할 수 있었다. 그리고 기독교뿐 아니라 힌두교와 불교, 유교와 도교 등에 관해 폭넓은 지식을 습득했다. 헤세의 동양적인 취향과 세계시민적인 기질, 그리고 다원적인 가치관은 이미 이때부터 형성되었다고 할 수 있다.

헤세는 결코 평범하지 않은 삶을 살았다. 그는 세기말과 두 차례의 세계대전을 겪었다. 여러 차례에 걸쳐 자살을 시도하기도 했고, 두 번의 이혼과 세 번의 결혼을 경험했다. 그의 삶은 시민적인 모범과는 거리가 멀었다. 그는 어머니의 장례식

에도 참석하지 않은 불효자식이었다. 따뜻한 남편도 아니었고, 자상한 아버지는 더더욱 아니었다.

그는 전통과 규범, 구속을 거부했다. 벌거벗은 채로 수영을 하고, 자연 속에서 산책을 즐기고, 땀 흘리며 정원을 가꾸었다. 전쟁과 이념을 혐오하고 평화와 정신세계를 추구했다. 그는 평생 자유로운 영혼의 소유자이기를 바랐다.

헤세는 작가로서의 소명을 떠안은 채 시민적인 삶을 살았다. 그래서 그 사이에서 필연적으로 갈등하고 고뇌할 수밖에 없었다. 그의 또 다른 이름은 잃어버린 고향을 찾아 나선 '황야의 늑대'였다.

헤세는 다양성에 내재되어 있는 단일적인 가치의 존재를 믿었다. 그리고 궁극적인 진리에 다다를 수 있는 내면으로의 길을 찾기 위해 애썼다.

삶의 무게에 짓눌린 채 창작의 질곡에서 벗어날 수 없었던 작가 헤세, 가장으로서의 책임을 저버린 채 자신만의 이상과 행복을 좇았던 인간 헤세, 어쩌면 이것이 헤세의 진면목인지도 모른다.

헤세 연보

1877년
헤세가 독일 남부 슈바르츠발트의 작은 마을 칼프에서 태어남

1883년
헤세 가족이 스위스 국적을 취득함

1886년
헤세 가족이 칼프로 돌아옴

1888년
헤세가 칼프의 학교에 입학함

1891년
헤세가 마울브론 기숙학교의 장학생이 됨

1892년
헤세가 자살을 시도하고, 슈테텐의 정신병원에 입원함

1893년
헤세가 칸슈타트의 김나지움에 들어감

1894년
헤세가 칼프에 있는 하인리히 페로의 탑시계 공장에서 철물 견습공으로 일함

1895년
헤세가 튀빙엔에 있는 헤켄하우어 서점에서 견습을 시작함

1898년
<낭만적인 노래들(Romantische Lieder)>이 출간됨

1899년
헤세가 바젤로 이사함
헤세가 라이히 서점에서 점원으로 일함
<자정이 지난 시간(Eine Stunde hinter Mitternacht)>이 출간됨

1900년
<헤르만 라우셔가 남긴 글과 시(Hinterlassene Schriften und Gedichte von Hermann Lauscher)>가 출간됨

1901년
헤세가 처음으로 이탈리아 여행을 떠남

1902년
<시집(Gedichte)>이 출간됨

1904년
<페터 카멘친트(Peter Camenzind)>가 출간됨

1905년
<수레바퀴 아래서(Unterm Rad)>(1906년으로 표기)가 출간됨

1910년
<게르트루트(Gertrud)>가 출간됨

1913년
<인도에서(Aus Indien)>가 출간됨

1914년
<로스할데(Rosshalde)>가 출간됨

1915년
<크눌프(Knulp)>가 출간됨

1916년
헤세가 요제프 베른하르트 랑 박사의 정신분석을 받음

1917년
헤세가 베른에서 카를 구스타프 융을 처음 만남

1919년
<데미안(Demian)>이 출간됨

1920년
<클링조어의 마지막 여름(Klingsors letzter Sommer)>과 <혼돈에 대한 성찰(Blick ins Chaos)>이 출간됨

1921년
헤세가 퀴스나흐트에서 융 박사와 정신분석을 진행함
<시선집(Ausgewählte Gedichte)>이 출간됨

1922년
<싯다르타(Siddhartha)>가 출간됨

1924년
헤세가 다시 스위스 국적을 취득함

1925년
<요양객. 바덴에서의 요양에 관한 기록(Kurgast. Aufzeichnungen von einer Badener Kur)>이 출간됨

1927년
<황야의 늑대(Der Steppenwolf)>가 출간됨

1930년
<나르치스와 골트문트(Narziss und Goldmund)>가 출간됨

1932년
<동방순례(Die Morgenlandfahrt)>가 출간됨

1936년
<정원에서의 시간(Stunden im Garten)>이 출간됨

1943년
<유리알 유희(Das Glasperlenspiel)>가 출간됨

1946년
헤세가 노벨문학상을 수상함

1951년
<서간 선집(Ausgewählte Briefe)>이 출간됨

1957년
7권으로 된 <헤세 전집(Gesammelte Schriften)>이 출간됨

1962년
헤세가 스위스 몬타놀라에서 세상을 떠남